W0473076

Sarah Pinborough est la nouvelle étoile du fantastique et de la terreur en Grande-Bretagne. Elle a également écrit de la fantasy pour la jeunesse, sous le nom de Sarah Silverwood, et travaille actuellement à plusieurs projets de séries télévisées. Avec *Poison*, *Charme* et *Beauté*, elle s'attache à révéler tout ce que les contes de notre enfance peuvent contenir de noirceur et de sombre séduction…

Du même auteur, chez Milady :

Poison
Charme
Beauté

Ce livre est également disponible
au format numérique

www.milady.fr

SARAH PINBOROUGH

Charme

Traduit de l'anglais (Grande-Bretagne) par
Frédéric Le Berre

Milady

Milady est un label des éditions Bragelonne

Titre original : *Charm*
Copyright © Sarah Pinborough 2013
Tous droits réservés
Originellement publié en Grande-Bretagne par Gollancz, Ltd, Londres.

© Bragelonne 2014, pour la présente traduction

Illustrations intérieures : Noëmie Chevalier

ISBN : 978-2-8112-1169-1

Bragelonne – Milady
60-62, rue d'Hauteville – 75010 Paris

E-mail : info@milady.fr
Site Internet : www.milady.fr

À Phyllis, Di et Lindy

1

IL ÉTAIT UNE FOIS...

Cette année-là, l'hiver était bien précoce. Les rafales furieuses de vent avaient arraché les feuilles des arbres, avant même qu'elles n'aient eu le temps de prendre leurs jolies teintes mordorées automnales. Il restait un mois encore avant la fête de l'an nouveau, mais cela faisait plusieurs semaines déjà que la ville avait revêtu un blanc manteau. Le givre brillait au carreau des fenêtres et les sols gelés devenaient glissants au petit matin. Parfois, les rares jours où s'entrouvrait le linceul gris de nuages qui recouvrait le royaume, on pouvait apercevoir au loin, dans le ciel bleu glacé, le pic de la Montagne lointaine. Cependant, jusqu'au printemps, personne ne lui accorderait vraiment d'attention. L'hiver était là et son emprise glacée allait tenir les têtes baissées jusqu'au dégel. La saison n'était ni à l'aventure, ni à l'exploration.

Comme dans tous les autres royaumes, la forêt s'étendait entre la cité et les monts dressés au loin. Les grands arbres couronnés de neige formaient comme une mer verte festonnée d'écume gelée. Au-delà des premiers bosquets désolés et tordus de la lisière, le cœur du massif restait dense et sombre. De temps en temps, les cris des loups déchiraient la nuit, lorsqu'ils chassaient en meute et se répondaient l'un l'autre.

Tête baissée, le nez emmitouflé dans son écharpe, l'homme se hâtait de pilier en colonne, apposant sur chacun d'eux une feuille de papier. La nuit avait été particulièrement froide et, alors qu'approchait l'heure du premier repas de la journée, le ciel était toujours d'un noir d'encre. Le souffle de l'homme produisait un nuage blanc semblable à de la poussière d'étoiles. D'un pas rapide, il passait d'un réverbère à l'autre, enfonçant vivement ses clous dans le bois glacé, pressé d'en finir pour rejoindre la chaleur de son foyer.

Arrivé au bout de la rue bordée de maisons, il s'arrêta pour tirer une affichette de la pile, heureusement bien amincie, qu'il tenait coincée sous son bras. Si ce quartier-là n'avait pas la grandeur et la flamboyance de ceux plus proches du château, il n'en était pas moins celui des marchands et négociants de la ville, respectables et aisés, qui employaient et faisaient vivre le petit peuple de la cité.

Les habitants des lieux ne manqueraient pas d'envoyer leurs servantes s'enquérir de la nouvelle ainsi affichée et qui concernait les gens ordinaires. Quand le héraut viendrait pour annoncer d'une voix forte les événements de la cour, il ne dirait bien évidemment rien de ces choses insignifiantes.

Ses mains n'étaient protégées que par des mitaines de laine censées laisser à ses doigts une plus grande liberté. Il glissa un clou entre ses lèvres et prit le petit marteau dans sa poche. Cependant, deux heures de froid avaient suffi à l'engourdir complètement jusqu'aux poignets, de sorte que l'outil lui échappa. En marmonnant un juron, il se pencha, faisant craquer son pauvre dos.

— Je vais vous le ramasser.

Stupéfait, l'homme se retourna d'un bloc pour se retrouver nez à nez avec un étranger vêtu d'un manteau rouge foncé et de bottes usées et boueuses. Il portait un lourd sac sur le dos. Aucune écharpe n'ornait son cou, mais le froid qui s'était emparé de la ville ne paraissait pas vraiment l'incommoder – en dépit de ses pommettes rougies et gercées. Comme il se penchait, l'ouverture de son sac laissa apparaître une longue quenouille.

— Bien le merci.

Tandis que l'homme clouait son affiche, l'étranger lut l'annonce, les yeux plissés.

« Fillette disparue.

Lila, la fille du meunier.

Dix ans. Cheveux blonds. Vêtue d'une robe à carreaux.

Aperçue pour la dernière fois il y a deux jours, allant chercher du bois dans la forêt. »

— Ces choses-là se produisent souvent ? demanda l'étranger, d'une voix plus douce et claire que ne l'aurait laissé supposer sa mise défraîchie et son apparence fruste.

— Plus qu'elles ne le devraient, répondit l'homme, peu enclin à en dire plus. C'est facile pour une enfant de s'égarer dans la forêt, ajouta-t-il en reniflant.

Il est toujours préférable que les secrets d'une ville n'en sortent pas.

— C'est facile pour une forêt d'égarer une enfant, objecta doucement l'étranger. La forêt bouge quand l'envie l'en prend, vous n'avez jamais remarqué ? Elle peut vous faire tourner dans tous les sens, puis vous envoyer là où elle l'a décidé.

L'homme scruta l'étranger, un peu plus attentivement cette fois-ci. Du fond de son vieux corps, l'homme sentit qu'une aura de mystères et d'histoires secrètes nimbait ce tisserand. Des récits qu'il valait mieux taire, car dès lors qu'ils sont contés, ils ne peuvent plus être oubliés.

— Si c'est un homme qui a fait ça, il sera bon pour la Route du troll quand on l'attrapera. C'est sûr.

— La Route du troll ? demanda l'étranger, sourcils froncés. Rien qu'au nom, ça n'a pas l'air très engageant.

— Espérons qu'aucun de nous deux n'aura jamais à le découvrir.

La petite note suspicieuse dans sa voix n'avait pas dû échapper à l'étranger, car il apaisa les craintes de son interlocuteur d'un sourire. Ses dents blanches et régulières indiquaient que l'existence n'avait pas toujours été aussi difficile pour lui.

— Je n'ai vu aucune enfant dans la forêt, indiqua-t-il en accompagnant ses paroles d'un regard chaleureux. Et si d'aventure j'avais croisé sa route, je l'aurais bien vite renvoyée chez elle.

— Vous venez de loin ? demanda l'homme en remisant son marteau dans sa poche.

— Je ne suis que de passage.

Ce n'était pas vraiment une réponse, mais cela parut suffire. Ils se saluèrent d'un signe de tête. Épuisé et la goutte au nez, l'homme suivit des yeux l'étranger qui s'éloignait dans la rue, sa longue quenouille dans le dos. Pas une fois il ne se retourna, cheminant tranquillement de son pas régulier comme par un bel après-midi d'été. L'homme l'observa jusqu'à ce qu'il disparaisse au coin de la rue, puis il frissonna. Pendant qu'il était resté planté là, immobile, le froid s'était insinué en lui pour se frayer un chemin jusque dans la moelle de ses os. Subitement, il se sentit vidé, sans forces. Il serait bientôt temps de rentrer.

Autour de lui, les maisons s'éveillaient peu à peu. On tirait des rideaux comme on ouvre des paupières encore tout ensommeillées. Au rez-de-chaussée, on allumait des lampes et on ravivait des feux pour préparer la bouillie d'avoine bien chaude. Comme en réponse à un signal, le verrou d'une porte fut tiré, pour livrer passage à une jeune fille gracile enveloppée dans un manteau. En hâte, elle alla s'accroupir devant les réserves de charbon pour en remplir un seau à l'aide d'une petite pelle. Même dans l'obscurité, l'homme distingua nettement les reflets auburn de ses longs cheveux bouclés, évocateurs de frondaisons d'automne et de couchers de soleil.

Dans un raclement de métal, elle récupéra jusqu'à la dernière miette du précieux combustible qu'elle put trouver. Dans le seau, elle avait à peine recueilli de quoi faire un feu. *Et pas bien gros, encore,* songea l'homme. D'ici peu, la jeune fille irait chercher du bois dans la forêt – qu'une enfant s'y soit déjà perdue ou non.

Lorsqu'elle se releva, leurs regards se croisèrent brièvement. Il porta la main à son chapeau, et elle répondit à son salut par un demi-sourire. Puis l'homme tourna les talons et poursuivit son chemin. Il lui restait encore cinq affichettes à apposer – et le sourire d'une jolie fille ne suffirait pas à le réchauffer assez longtemps pour achever sa tâche.

Dans la maison, Cendrillon était occupée à nettoyer le foyer de la salle à manger de ses cendres lorsque Rose parut, emmitouflée dans son épaisse robe de chambre, les mains au fond des poches. Cendrillon était habillée pour la journée, mais elle n'avait toujours pas retiré son manteau. Il ne faisait guère plus chaud dans la maison qu'à l'extérieur. Si on ne se mettait pas bien vite à faire du feu dans les autres pièces, il lui faudrait bientôt chaque matin briser la couche de glace qui ne manquerait pas de se former à la surface du lait et de l'eau gardés dans la cuisine – en plus de toutes les autres corvées qui lui avaient été échues depuis qu'Ivy s'était mariée quelques mois auparavant.

— Il fait de plus en plus froid, dit Rose.

Cendrillon ne répondit rien. Sa sœur – sa belle-sœur en réalité – ouvrit les volets et alluma la lampe au mur, en veillant à maintenir la hauteur de la flamme aussi basse que possible pour économiser l'huile. La pièce resta plongée dans un clair-obscur.

— Alors, qu'est-ce qui se dit ?

— Comment ça ? demanda Cendrillon en relevant le nez de son baquet de cendres.

— Je t'ai vue en train de lire les nouvelles, répondit Rose en désignant du menton le poteau de bois au dehors.

Ballottée par le vent glacé, l'affichette clouée faisait penser à un poisson harponné agité de soubresauts.

— Un enfant a encore disparu. Une petite fille.

Cendrillon se remit debout et épousseta son manteau. Il lui fallait encore préparer le feu, mais elle avait oublié le petit-bois dans la cuisine. Elle allait d'abord s'accorder cinq minutes à côté de la cuisinière pour se réchauffer.

— Il va falloir faire quelque chose, murmura Rose. On ne peut pas continuer à perdre des enfants comme ça. La cité a un besoin vital de ces bois. Plus les gens ont peur d'y aller et plus le royaume s'affaiblit.

— C'est peut-être les loups.

— Une soudaine vague de loups tueurs ? se moqua Rose, en lui jetant un coup d'œil plein de dédain. Ce ne sont pas les loups. Ces bêtes-là peuvent être vicieuses, mais pas comme ça. Et puis, sans vouloir être indélicate, si c'étaient des loups, on trouverait au moins quelques restes. Or, les enfants disparaissent corps et biens, sans laisser la moindre trace.

— On finira peut-être par les retrouver.

Cendrillon était suffisamment épuisée comme ça pour ne pas avoir envie de s'infliger une nouvelle diatribe de Rose. Elle avait déjà préparé la bouillie d'avoine et mis les pâtons de pain au four. Après le déjeuner, elle aurait encore à éplucher les pommes de terre et les légumes, avant de nettoyer toute la maison.

— Bien sûr que non. Et le royaume comptera une génération entière de pleutres élevés dans la crainte d'aller dans la forêt. Plus que jamais, la société sera marquée par la suspicion. Si le roi n'agit pas bientôt, il finira par perdre l'amour de ses sujets. Des soldats et des gardes postés en nombre à l'orée de la forêt, voilà ce dont nous avons besoin. Au minimum.

Des rides étaient apparues de part et d'autre de la bouche de Rose, et entre ses yeux. *Elle paraît plus vieille que ses vingt-cinq ans*, songea Cendrillon. Les fins cheveux de Rose étaient raides comme des baguettes ; aucune boucle n'y tenait bien longtemps, quelle que soit la quantité de laque qu'on y mettait ou la durée d'application des rouleaux. Si ses traits étaient plutôt réguliers, ils n'avaient vraiment rien d'extraordinaire non plus. En toute honnêteté, c'était une jeune fille assez quelconque. Ni Rose ni sa sœur Ivy n'avaient jamais été jolies. Elles étaient issues d'une lignée aisée, mais c'était Cendrillon qui avait toute la beauté.

— Le déjeuner sera prêt dans un instant, dit Cendrillon en replaçant une épaisse boucle rousse derrière son oreille. Dès que j'aurai évacué ça, ajouta-t-elle en soulevant le seau de cendres.

— Je t'aiderais bien, dit Rose, mais mère dit que je dois veiller à garder les mains douces.

— Il te faudra plus que des mains douces pour trouver à te marier, marmonna Cendrillon en s'éloignant vers la porte.

— Qu'est-ce que tu as dit ?

— Un rat !

Le hurlement fut si terrible que Cendrillon, les bras déjà douloureux, sursauta et renversa son chargement – sur son manteau pour l'essentiel.

— J'ai vu un rat ! s'époumona de nouveau sa belle-mère depuis l'entrée du couloir.

Pâle et défaite, elle avait encore la tête ornée de rouleaux et recouverte d'une charlotte.

— Je l'ai vu descendre dans la cuisine ! Pas question d'avoir un rat dans la maison. Pas ici. Pas aujourd'hui. Pas quand Ivy doit venir !

Le spectacle du nuage de cendres la laissa subitement interdite. Lentement, la fine poussière grise se redéposait sur le sol et le mobilier de cette salle à manger qui était tout à la fois sa joie et sa fierté.

— Mais… mais que se passe-t-il ici ? Oh non, Cendrillon, nous n'avons vraiment pas le temps pour de telles bêtises. Nettoie-moi ça ! Je veux que tout soit impeccable pour 9 heures.

Dans un bruissement de tissu, elle pivota sur elle-même pour se retirer, puis s'arrêta.

— Non, réflexion faite, je veux tout soit impeccable pour 8 heures. Rose, poursuivit-elle en s'adressant à sa fille, lorsque tu auras fini de déjeuner, ce sera l'heure de ton masque de beauté et de ta manucure. Il y a une fille qui doit venir pour cela, à neuf heures et demie. On me l'a chaudement recommandée.

Cendrillon considéra ses propres mains gercées.

— Je n'aurais rien contre une manucure, moi aussi.

— Ne sois pas ridicule, aboya sa belle-mère. Qu'en ferais-tu donc ? Je te rappelle que Rose est fille de comte. Les gens commencent à s'en souvenir. Et puis, de toute façon, ces séances sont chères. Nous n'avons pas de quoi en payer plus d'une. Maintenant, dépêche-toi, je veux que tout soit parfait lorsqu'Ivy et son époux, le vicomte, arriveront.

Et sur ces mots, la marâtre sortit, oubliant déjà tout de l'épisode du rat et de la cendre. Rose la suivit, laissant Cendrillon seule au milieu de son tas de poussière grise. *Au moins, je n'ai pas usurpé le nom que je porte*, songea la jeune fille en se mettant à genoux, armée de la pelle et de la balayette.

Ivy et son vicomte arrivèrent juste après midi, à bord d'un glorieux carrosse tiré par deux chevaux gris parfaitement identiques. Par la fenêtre, Cendrillon regarda sa belle-mère se précipiter à leur rencontre puis s'attarder dehors un peu plus longtemps que nécessaire en ces temps de frimas – une manière de s'assurer que le voisinage ait tout loisir d'apprécier la belle étole de loup posée sur les épaules de sa fille et la profondeur du bleu de sa robe. *Je pourrais tuer pour une robe pareille. Ou même pour un simple tour dans ce bel équipage,* songea Cendrillon. Oui, sans doute pourrait-elle tuer pour cela. En revanche, elle n'était pas certaine qu'elle aurait été jusqu'à donner un seul baiser au vicomte pour l'un ou l'autre de ces trophées.

Au bras de son tout nouvel époux, Ivy avança vers la porte. Son visage pâle était fardé de rouge et une note de rose rehaussait l'éclat de ses lèvres. Même ses cheveux, aussi fins et raides que ceux de sa sœur, semblaient avoir réussi l'exploit de gagner en éclat et en volume. Incontestablement, l'argent la rendait plus jolie. Pour autant, aucune fortune ne parviendrait jamais à faire d'elle une beauté. Cendrillon sentit son ventre se nouer sous l'effet de l'envie. Quel gâchis de voir tout ce luxe dévolu à une jeune femme telle qu'Ivy.

Le vicomte était un homme nerveux et sec d'une trentaine d'années. Sa joue droite était agitée d'un tic malheureux et ses épaules étaient un peu voûtées, comme s'il cherchait à passer inaperçu. Il avait fait la connaissance d'Ivy le jour où celle-ci s'était jetée devant son attelage en courant après une coupure de monnaie que le vent avait emportée. Le temps que le jeune homme la relève, rattrape le billet et la raccompagne chez elle, ils avaient chacun réussi à trouver chez l'autre une chose ou deux qu'ils appréciaient. Et, deux mois après, les voilà qui étaient déjà mariés.

Cendrillon l'observa, confortablement assis de l'autre côté de la table, occupé à sourire pendant que son épouse parlait. Dans le fond, il lui rappelait son propre père, qui passait le plus clair de son temps à agir exactement de la même façon. *Mais le vicomte doit aimer Ivy*, songea Cendrillon. *Sinon, comment pourrait-il rester là, à prétendre que ce petit bout de rôti est aussi délicieux que les festins dont ils doivent se régaler chaque jour chez eux ?* Dans cette demeure bien plus modeste que la leur, il n'y avait même pas de domestique pour servir – hormis Cendrillon, bien entendu. Et malgré le feu dans l'âtre, la pièce restait fraîche. La jeune fille coupa un morceau de sa minuscule tranche de viande, puis le mit dans sa bouche avant de le mâcher longuement. Sa belle-mère et son père faisaient de même, de façon à ce que le vicomte ne remarque que la part des hôtes était bien plus petite que celle des invités. Jusque-là, le stratagème avait fonctionné. Le vicomte semblait parfaitement satisfait, même s'il était bien difficile d'en avoir la confirmation tant Ivy monopolisait la conversation.

— Maman, des bals sont organisés presque tous les jours pendant l'hiver, disait-elle, les yeux brillants d'excitation. Tu n'as jamais vu une chose pareille.

— Oh mais si, ma chérie, objecta sa mère. Je n'ai pas oublié le bal de mes débuts. Et par la suite, quand j'étais jeune fille, j'ai assisté à d'innombrables bals, précisa-t-elle encore avec un sourire à l'intention toute particulière du vicomte. Vous savez, j'étais une véritable beauté à cette époque.

— Assurément, très chère, confirma le père de Cendrillon. Lorsque j'ai fait ta connaissance, tu étais à couper le souffle.

Son compliment lui valut un regard noir de la part de sa femme. Cendrillon savait très bien pourquoi. Sa belle-mère ne voulait pas que l'on évoque ainsi sa disgrâce en présence du vicomte – et d'autant moins qu'elle était si près de faire son grand retour à la cour après tant d'années. Cela étant, le vicomte ne s'était pas départi de son sourire. Cendrillon remarqua que son tic s'atténuait en leur compagnie. *Je me demande bien pourquoi ?* songea-t-elle. *Notre modeste demeure doit être si éloignée du luxe auquel il est accoutumé.*

— Quoi qu'il en soit, reprit Ivy en coulant un regard complice à son époux, il y a un bal au château demain soir, et George et moi avons pensé que vous voudriez peut-être nous accompagner, Rose et toi.

Toute la tablée partit d'un grand cri. La belle-mère de Cendrillon se leva d'un bond, une main plaquée sur sa bouche ; la note stridente qui parvint tout de même à s'échapper de sa gorge menaça sérieusement l'intégrité des verres à vin. L'immense sourire d'Ivy se transforma en rire. Même le vicomte s'empourpra de plaisir. Rose était restée assise, bouche bée. Quelques secondes s'écoulèrent, puis tous se mirent à parler en même temps, échafaudant mille plans dans un babil surexcité.

Cendrillon débarrassa la table ; à coup sûr, plus personne n'allait manger après pareille annonce. Et il était tout aussi certain que Cendrillon, elle, ne serait pas conviée à ce bal.

2

EN VOILÀ UN PETIT EFFRONTÉ...

Après le départ d'Ivy et du vicomte, Cendrillon se retira dans la cuisine pour faire la vaisselle. Pour une fois, elle n'était pas fâchée outre mesure d'être reléguée dans la solitude du sous-sol – l'excitation de sa belle-mère était un peu pénible à supporter. Après avoir fait appeler le tailleur, la maisonnée s'affairait à racler les fonds de tiroir pour trouver de quoi payer les robes de bal de Rose et de sa mère. *On n'est pas près d'acheter du charbon*, songea Cendrillon, *même si mon père parvient à vendre quelques articles ou qu'il accepte des travaux de comptabilité pendant qu'il travaille à l'écriture de son interminable roman.* Quelqu'un allait devoir aller chercher du bois dans la forêt. Et à n'en pas douter, ce serait elle. À cette simple pensée, Cendrillon ne put retenir un frisson. Ce n'était visiblement pas très sûr de s'aventurer seule dans les bois en ce moment.

Au moins, il faisait meilleur dans la cuisine que dans le reste de la maison. Et il y régnait un plus grand calme. Si Cendrillon devait entendre une seule fois encore sa belle-mère crier sa joie à l'idée de goûter à nouveau aux plaisirs de la vie à la cour, elle allait se mettre à hurler. Cendrillon avait eu beau tenter de petits « Et moi ? Moi aussi ? » anxieux, on les avait superbement ignorés, comme si la simple idée qu'elle puisse assister à un bal à la cour était d'un tel ridicule qu'il n'était venu à l'idée de personne de prendre la peine de répondre à sa question. Après avoir essuyé le service de porcelaine fine, elle le rangea dans le vaisselier – où il resterait à prendre la poussière jusqu'à la prochaine visite d'Ivy et son mari. Ensuite, tout doucement, elle se mit à balayer. Cet après-midi-là, plus rien ne la pressait ; ses corvées étaient presque une consolation.

Quelques coups légers furent soudain frappés à la porte de derrière – trois à la suite, puis un quatrième après une petite pause. L'humeur de Cendrillon changea alors du tout au tout. Elle tira le verrou et ouvrit la porte, un grand sourire aux lèvres, même si l'air glacé du dehors menaçait en s'engouffrant de chasser la maigre chaleur laborieusement accumulée dans la pièce.

— Bouton !

— Bien le bonsoir, princesse ! Je mettrai ça dans la réserve en partant, dit le jeune homme en désignant d'un coup de menton le sac brun à ses pieds.

— Tu as apporté du charbon ?

— Il ne fera défaut à personne. Ils en ont plus qu'il ne leur en faut, répondit-il en souriant, l'œil pétillant. Il ne faudrait quand même pas que ton petit nez tout mignon se mette à couler ! Et puisqu'on parle du froid, tu ne voudrais pas me laisser rentrer, que je me mette au chaud ?

Elle s'écarta pour l'inviter à passer, puis referma derrière lui. Bouton tira une seconde chaise devant la cuisinière et s'installa.

— Une vraie saloperie, l'hiver cette année, dit-il en frissonnant.

— Tu n'étais pas obligé d'apporter quelque chose, dit Cendrillon en posant un morceau de fromage et un bout de pain sur une assiette. Tu es trop gentil avec moi, ajouta-t-elle encore en lui servant un verre du petit vin que son père buvait à table.

— Ce n'est pas mon charbon, princesse. Pas plus que le demi-jambon que je viens de laisser chez mamie Parker. Ne te fais pas de bile, dit-il avec un clin d'œil. En tout cas, c'est à toi que je préfère faire des petits cadeaux.

Cendrillon s'assit à son tour, les joues empourprées, heureuse de laisser le silence s'installer entre eux pendant qu'il mangeait. Parfois, elle avait le sentiment qu'il était son unique ami en ce monde, alors qu'elle ne connaissait même pas son vrai nom. Elle l'appelait Bouton depuis le jour de leur première rencontre, parce que le jeune homme lui avait apporté deux beaux boutons de nacre pour ravauder sa robe déchirée. Le surnom lui était resté. Dans toute la ville, quantité de gens avaient dû lui donner, de la même manière, d'autres petits noms pour exprimer leur gratitude. Avec les rigueurs de l'hiver, la vie était bien difficile, mais Bouton faisait de son mieux pour la rendre meilleure.

Selon Cendrillon, il ne devait pas avoir plus de vingt ans. Mince et gracile, Bouton avait une tignasse noire, des yeux vifs et espiègles, et un cœur énorme. Cendrillon n'ignorait pas qu'il avait un faible pour elle, mais elle n'avait jamais rien fait pour l'encourager. Certes, Bouton était plein de qualités, mais elle attendait plus de la vie. Elle voulait ce qu'Ivy avait, avec un homme grand et beau pour époux en plus. Elle le souhaitait si fort que cela en devenait douloureux.

—J'espère que tu ne commets pas d'imprudence, dit-elle. Si tu te faisais attraper…

Il était inutile qu'elle finisse sa phrase. Tous deux savaient pertinemment quelles en seraient les conséquences.

Bouton était un voleur. Il occupait aussi la fonction de coursier au château – il était chargé de porter des messages aux différentes grandes maisons –, et était en plus affecté à diverses tâches dans l'enceinte royale pour occuper le reste de son temps. Expert dans l'art de faire disparaître de petites choses dont personne ne remarquait l'absence, Bouton donnait à droite et à gauche le produit de ses larcins, ou bien il le revendait pour redistribuer l'argent ensuite.

—Je vole les riches pour donner aux pauvres, lui avait-il dit un jour. C'est la seule façon d'être un voleur heureux. Il y a tellement de gens qui n'ont rien quand un si petit nombre possède tout en si grandes quantités. Ce n'est pas juste.

Bouton avait contribué à améliorer l'ordinaire de la famille de Cendrillon – même si les autres membres de la maison n'en savaient rien. Et d'ailleurs, comment l'auraient-ils su ? C'était Cendrillon qui s'occupait de tout gérer au quotidien. Sa belle-mère elle-même n'avait pas remarqué que ces mets qui apparaissaient miraculeusement sur leur table étaient bien au-delà de leurs moyens. En même temps, sa belle-mère n'avait jamais rien compris à l'argent – du moins, jusqu'à ce que celui-ci ne finisse par faire défaut. Issue d'un milieu aisé, elle avait fait un beau mariage. Ce n'est que lorsqu'elle s'était enfuie avec le père de Cendrillon qu'elle avait découvert le prix des choses. Un apprentissage qui se révélait particulièrement long…

—Ah, c'est donc là que tu étais ! s'exclama soudain Bouton en souriant.

Il tendit une miette de fromage au petit museau brun qui pointait dans l'interstice entre deux tomettes, derrière la cuisinière.

—Beurk, un rat, dit Cendrillon en ramenant ses pieds sur la chaise. C'est sûrement lui qui a causé tout ce foin ce matin.

—En voilà un petit effronté, dit Bouton à la bestiole qui trottina tranquillement vers lui et se dressa sur ses pattes arrière pour attraper le morceau de cheddar. Il me suit partout où je vais. Du moins, c'était le cas jusqu'à la semaine dernière. Il a dû décider de rester ici.

Contrairement à ce que Cendrillon avait pensé, le rat ne repartit pas aussitôt vers son trou. Confortablement assis sur son arrière-train, il resta en leur compagnie pour grignoter.

—Ce n'est pas moi qui lui jetterai la pierre, conclut Bouton. Ce rat-là a du goût.

— Ça ne peut pas être le même. Les rats ne suivent pas les gens comme ça, dit Cendrillon en souriant.

Parfois, elle avait bien du mal à dire si Bouton plaisantait ou pas.

— Oh, mais si, c'est lui. Regarde, il a une petite cicatrice sur le dos. Tu vois ? C'est bien le même, affirma-t-il avec un clin d'œil.

— En tout cas, je ne suis pas certaine de pouvoir garantir sa sécurité si ma belle-mère lui tombe dessus.

Cendrillon reposa les pieds au sol. Si c'était bien le rat de Bouton, il lui faisait déjà moins peur. De plus, il y avait un petit côté attachant dans le fait de le voir rester ainsi avec eux pour manger joyeusement son fromage.

— C'est un coriace, dit Bouton. Je sais reconnaître un dur à cuire quand j'en vois un.

— Il va y avoir un bal au château demain soir, laissa soudain échapper Cendrillon. Mes belles-sœurs vont y aller toutes les deux. Ce n'est pas juste.

— Oui, il y a un certain nombre de bals prévus dans les mois à venir. J'ai passé une bonne partie de la journée à cirer les boiseries et à commander des plats et des vins fins.

— Et la salle de bal, comment est-elle ? demanda Cendrillon. Est-ce que les chandeliers scintillent de mille feux ? Il y aura des musiciens ?

— Tu sais déjà tout ça, répondit-il avec un petit sourire que tempérait son air pensif. Chaque fois, tu me demandes de te raconter. Mais oui, bien sûr, ce sera fantastique. D'après ce qui se murmure, le prince chercherait à prendre femme. Si c'est bien le cas, il va lancer une mode. Tous les jeunes nobles vont l'imiter et se marier eux aussi. Le prince donne le ton et tout le monde suit.

— C'est merveilleux, s'exclama Cendrillon, avant de boire une gorgée dans le verre de Bouton et de se laisser aller en arrière sur sa chaise. Tu imagines un peu ce que ce doit être d'avoir le prince qui tombe amoureux de toi…

Sa voix s'était faite un peu plus grave – un peu plus rauque. Bouton haussa un sourcil et Cendrillon lui répondit d'un sourire. Ce petit jeu entre eux n'était pas nouveau, et ils n'y jouaient pas si souvent d'ailleurs, mais elle avait besoin d'évasion et Bouton savait y faire pour la lui offrir.

— Tu veux bien ? demanda-t-elle.

Elle n'avait pas besoin d'en dire plus. Ils échangèrent un nouveau sourire. Elle ne tirait jamais aucune conclusion de l'acte auquel ils se livraient ainsi de temps en temps, et elle n'en concevait strictement aucune culpabilité. Pour autant, son père et sa belle-mère seraient sûrement furieux s'ils les surprenaient. En fait, ils ne faisaient rien de mal. C'était un jeu, rien de plus, et Cendrillon n'était pas le genre de fille à éprouver la moindre honte vis-à-vis de son corps.

— Tout ce que tu veux, princesse, répondit-il. À quoi ça sert, sinon, d'être amis ?

Cendrillon sourit et ferma les yeux. Ils ne faisaient de mal à personne. Et ils étaient amis. Bouton commença à murmurer à son oreille. Elle sentit son souffle chaud sur sa joue et tout son environnement triste et terne s'évanouit. Instantanément, elle fut transportée dans un château tout illuminé où tout n'était que douceur, chaleur et beauté, au milieu des couples élégants qui dansaient, et des serviteurs habiles et silencieux qui circulaient pour proposer des verres du meilleur champagne. Elle allait tourbillonnant des bras d'un jeune homme élégant à ceux d'un autre tout aussi séduisant, vêtue d'une somptueuse robe d'un vert émeraude, le cou orné d'une parure de la même teinte. Même les valets immobiles à la porte n'avaient d'yeux que pour elle. Dans sa rêverie – et ce scénario revenait souvent –, trois hommes tombaient amoureux d'elle avant la fin de la soirée, tous prêts à se battre en duel pour la conquérir. Puis le prince lui-même entrait en scène pour l'enlever et l'épouser, avec plus de hâte encore que le vicomte n'en avait eue pour convoler avec Ivy. Ensuite, elle vivait heureuse au château auprès de son mari, et ses deux belles-sœurs ne pouvaient que contempler le spectacle, le cœur plein d'envie.

Tout doucement, Bouton lui parlait danse et romance, et tandis que Cendrillon imaginait le corps du prince serré contre le sien, il glissa une main sous sa robe et lui déposa de délicats baisers dans le cou. Du bout des doigts, Bouton vint caresser la peau tendre de l'intérieur des cuisses de Cendrillon, et le souffle de la jeune femme se fit plus court. Enfin, ses doigts trouvèrent ce qu'ils cherchaient et poursuivirent leurs agaceries jusqu'à ce qu'elle soit trempée, pour finir par se glisser en elle. Cendrillon s'agita, haletante et tremblante, pendant que Bouton lui parlait de danse, du prince et de musique, encore et encore jusqu'à ce que son esprit ne soit plus qu'une salle de bal prise dans un tourbillon, et que son corps vibre sous les caresses.

Dans un soupir, elle s'abandonna quelques instants encore à ses visions, alanguie, puis rouvrit les yeux et rajusta sa robe. Lentement, sa misérable réalité reprenait déjà sa place tout autour d'elle.

— C'est infiniment plus agréable quand c'est toi qui le fais que quand c'est moi toute seule, dit-elle en souriant.

Elle se pencha pour déposer un baiser sur la joue de Bouton.

— Cendrillon, tu es une fille bien étrange, dit le jeune homme, les joues un peu rouges. Il n'y en a pas beaucoup des comme toi.

— Elles sont nombreuses à être pires que moi, répondit-elle. On ne fait que se toucher ! Qu'y a-t-il de mal à ça ? Ça fait du bien. C'est naturel.

— Je ne cherche pas à débattre du sujet avec toi. C'est juste que tu es pleine de contradictions, dit-il en se resservant un verre de vin. Et j'aime autant que ce soit moi plutôt qu'un autre. Je suis ton ami. Je ne te ferai jamais de mal.

— Tu es aussi étrange que moi.

Elle n'avait pas besoin de s'expliquer ; tous deux savaient ce qu'elle voulait dire. La première fois qu'ils s'étaient livrés à ce petit jeu, Cendrillon avait essayé de le toucher lui aussi. Elle n'éprouvait aucun désir pour lui, plutôt une certaine curiosité, et elle voulait surtout qu'il ressente le même contentement qu'elle-même. Mais Bouton l'avait arrêtée dans son élan, disant que ces choses-là n'étaient pas pour lui.

— C'est bien possible, princesse, dit-il avec un clin d'œil. C'est bien possible.

Les pensées de Cendrillon dérivèrent de nouveau vers le château et ses merveilles ; elle envia Bouton d'y passer toutes ses journées.

— Ce doit être un véritable enchantement, dit-elle. Encore bien plus que dans mon imagination. Je serais prête à faire n'importe quoi pour pouvoir avoir cette vie-là. N'importe quoi.

— « Un enchantement. » C'est une façon de voir les choses, je suppose.

Bouton finit son en-cas et posa l'assiette sur le sol. Le rat arriva en trottinant pour renifler les miettes et les croûtes. Cendrillon se dit qu'elle donnerait cette assiette-là à Rose au déjeuner du lendemain. *Comme ça, elle sera peut-être malade et incapable d'aller au bal.* C'était une bien vilaine pensée, mais c'était plus fort qu'elle.

— Bien sûr, c'est très beau, poursuivit Bouton, mais la beauté est facile à obtenir quand on a de l'argent. Ces gens-là ont le meilleur en toutes choses, ajouta-t-il en la regardant avec attention. La vie à la cour, ce n'est pas que la musique, la danse et l'amour. Tu sais, les gens gentils n'ont aucune chance d'y survivre. Tout le monde court après le pouvoir. Chacun cherche à tirer profit de l'autre pour parvenir à une position où il pourra avoir l'oreille du prince ou du roi. La cour est pleine de loups cachés derrière des masques. Pourquoi crois-tu que je n'éprouve aucun remords à voler ces gens-là ?

Cendrillon ne répondit rien. Toutes ces histoires ne l'intéressaient pas. Quelle importance pour elle ? Elle n'avait que faire du pouvoir. Tout ce qu'elle voulait, c'étaient de belles robes, de la musique et faire la fête. La vie avait été suffisamment dure avec elle ces dernières années.

— Parle-moi encore des carrosses, dit-elle avec empressement. Ceux qui sont rehaussés d'or et d'argent. Celui du roi et de la reine qui ne quitte jamais l'enceinte du palais. On dit qu'il est incrusté de tant de pierres précieuses qu'on craint que le petit peuple ne le mette en pièces pour s'emparer des gemmes. Raconte-moi.

Elle sourit et, cette fois-ci, ce fut au tour de Bouton de soupirer.

— On le garde dans une écurie spécialement aménagée à l'arrière du château. Des soldats montent la garde en permanence autour de lui. La nuit, il scintille comme si on avait saupoudré sur lui toutes les étoiles du ciel…

Cendrillon ferma les yeux et laissa les mots familiers passer sur elle et emporter au loin son esprit.

Bouton repartit une heure plus tard. Après avoir versé le charbon dans la petite réserve à l'extérieur, il emporta le sac avec lui afin de s'en débarrasser avant d'arriver au château. La nuit était glaciale, mais Cendrillon était sortie sur le petit perron, avec aux pieds ses chaussures usées et un simple châle sur les épaules, pour regarder son ami disparaître dans l'obscurité et la brume humide qui avait envahi les rues.

Elle ne vit pas le petit rat gravir vaillamment la volée de marches jusqu'au niveau de la chaussée, sa fourrure gonflée comme si cela avait pu suffire à le protéger du froid. Lorsque Cendrillon s'en fut retournée dans sa cuisine, porte fermée et loquet tiré, le petit animal avait atteint le trottoir. Dressé sur ses pattes arrière, il renifla l'air humide de la nuit, à la recherche de la bonne direction.

Cette fois-ci, il ne s'engagea pas dans le sillage de Bouton, mais trottina dans la direction opposée, vers la forêt. Il était bien heureux d'avoir eu du fromage et des miettes à dîner, car un long voyage l'attendait cette nuit-là.

Le jour suivant, Cendrillon fit son possible pour rester à l'écart, allant jusqu'à s'imposer une longue promenade dans le froid mordant. Malgré tout, il lui fallut pousser quelques « oh ! » et autres « ah ! » d'admiration devant la nouvelle robe bleue de Rose. Et en toute honnêteté, le nouveau vêtement de sa belle-sœur la rendait incontestablement plus jolie. Relevé d'une touche de fard, son teint perdait de son aspect blafard, et la couleur de sa robe donnait par contraste de l'éclat à ses cheveux. Elle était même parvenue à y faire quelques boucles, mais Cendrillon doutait que celles-ci puissent durer longtemps – en réalité, elle espérait plutôt le contraire.

Lorsque le carrosse d'Ivy arriva, l'humeur de Cendrillon avait viré à l'aigre. Par la fenêtre, elle vit un valet aider Rose et sa mère à prendre place dans la voiture fermée. Son esprit n'était plus qu'un nœud de noires pensées auxquelles elle ne parvenait même plus à donner la moindre forme cohérente. La jalousie était à l'œuvre, elle le savait. L'envie mêlée d'une touche d'auto-apitoiement. Elle n'y pouvait rien, c'était plus fort qu'elle. *Comment suis-je censée me sentir ? C'est tellement injuste. C'est comme si je ne valais rien.*

—À quoi penses-tu ?

Le carrosse disparaissait au coin de la rue. Cendrillon relâcha le rideau.

—À rien.

—Ta mère a laissé ça pour toi.

Debout dans l'embrasure de la porte, son père lui tendait une boîte de chocolats.

—Le coffret contient deux plateaux, précisa-t-il. Il y en a pour quelques sous.

—Je n'en veux pas.

Cendrillon faillit bien se mettre à taper du pied comme dans ses colères de petite fille. Comment cette femme avait-elle pu imaginer que des chocolats pourraient la consoler de ne pas aller au bal ? Est-ce qu'on voulait en plus se moquer d'elle ? C'était comme du sel versé sur une plaie à vif.

—Et ce n'est pas ma mère.

—Elle s'occupe de toi depuis que tu es toute petite, Cendrillon. Elle t'aime.

Son père posa l'échiquier qu'il tenait sous le bras sur la table, avant de la rapprocher du feu que Cendrillon avait allumé avec le charbon de Bouton. C'était une belle flambée, dont ni sa belle-mère ni sa belle-sœur ne sentiraient la douce chaleur. Une victoire bien dérisoire, mais une victoire tout de même.

—Tu n'écris pas, ce soir ? demanda-t-elle.

—Je me suis dit que c'était l'occasion de passer du temps avec ma fille, répondit-il avec un sourire. Et de grignoter des chocolats en faisant quelques parties. Qu'en penses-tu ?

— J'en pense que je préférerais être au bal auquel ma « mère » n'a pas jugé bon de m'inviter.

Son père poussa un profond soupir. À la lueur du feu, Cendrillon remarqua pour la première fois que les fils d'argent se faisaient plus nombreux dans ses cheveux et qu'un fin réseau de rides courait désormais sur son visage. Quand cela était-il arrivé ? Tout à coup, son père s'était transformé en un homme d'âge mûr. Elle se souvenait encore du gaillard solide et souriant qui la faisait sauter sur ses genoux du temps où sa vraie mère vivait encore.

— Tu as bien des choses à apprendre, Cendrillon. Tout n'est pas si simple.

— Elle me déteste, dit-elle en se laissant tomber sur la chaise en face de son père. Elle m'a toujours détestée.

En cet instant, elle avait l'impression d'avoir dix ans et non pas vingt.

Son père éclata de rire.

— Allons, ne fais pas l'enfant !

Elle lui jeta un regard noir – un enfantillage, probablement.

— Tu sais, ta belle-mère se sent extrêmement responsable de ce que ses filles ont perdu. De ce qu'elle-même a perdu. Tu étais trop jeune à l'époque pour comprendre. Lorsqu'elle a quitté le vieux comte pour m'épouser, leurs vies ont été complètement chamboulées. Alors oui, il lui arrive de regretter son train de vie d'autrefois. Je ne pourrai jamais lui offrir toutes ces choses auxquelles elle était accoutumée et qu'elle avait toujours connues.

Son regard se perdit au cœur des flammes.

—Mais elle nous a choisis, Cendrillon, poursuivit-il. Elle a renoncé à tout ça, sans jamais jeter un regard en arrière.

—Tu essaies de présenter les choses comme s'il s'agissait du véritable amour, répliqua Cendrillon dans un grognement, pour suggérer que cette pensée était du dernier ridicule. Mais si ma mère n'était pas morte, jamais tu n'aurais eu besoin de cette femme.

—Oh, ma chérie, répondit-il avec un doux sourire. C'était le véritable amour. Et ça l'est toujours. Tu étais trop jeune alors pour t'en souvenir. Ta mère… Il lui arrivait d'être difficile, tu sais. Si elle n'était pas tombée malade, je l'aurais quittée pour Esmée, tout comme Esmée a quitté le comte pour moi.

Cendrillon riva sur son père des yeux agrandis par l'horreur. Un froid terrible naquit au creux de son ventre pour irradier dans tout son corps, en même temps qu'un feu glacé lui faisait les joues brûlantes. *Il ne parle pas sérieusement. Ce n'est pas possible.*

—Tu mens.

— Non, répondit son père en secouant la tête, c'est la vérité. Entre nous, c'était bien le véritable amour. Je n'étais que le secrétaire du vieux comte, mais Esmée est tombée amoureuse de moi, et moi amoureux d'elle. Si la chance est avec toi, tu connaîtras le même bonheur un jour.

— Pas si on m'interdit d'aller au bal !

Cendrillon se leva brusquement. Les larmes lui piquaient les yeux. *Comment a-t-il pu tomber amoureux de cette femme stupide ? Comment peut-il dire que ma mère était « difficile » ?* Certes, elle n'avait guère de souvenirs d'elle – quelques images fugaces d'une femme qui la serrait contre elle pour lui lire des histoires mais elle était sa mère.

— Tu ne vaux pas mieux qu'elle !

Elle sortit comme une furie et s'élança dans l'escalier, abandonnant derrière elle la chaleur du feu et la douceur des chocolats. Après avoir claqué la porte de sa chambre, elle se laissa tomber sur son lit. Quelques instants plus tard, son père frappa à la porte.

— Va-t'en ! cria-t-elle, avant d'enfouir son visage dans l'oreiller pour y déverser sa rage.

Était-ce sur son sort qu'elle s'apitoyait ainsi ? Elle n'aurait su le dire, mais elle était certaine désormais d'être absolument seule au monde. Même son père n'était pas de son côté. Ce n'était pas juste. Vraiment pas.

Elle dut finir par s'assoupir, car elle eut soudain conscience du froid qui s'insinuait dans la pièce, ainsi que des lueurs mouvantes qui se glissaient sous sa porte. On allumait des lampes dans l'entrée, tandis que résonnaient tous les bruits d'une joyeuse agitation. Ensuite, Cendrillon entendit des pas dans l'escalier, précédés du rire impétueux et plein de majesté de sa belle-mère.

Elles étaient rentrées.

Emmitouflée dans son châle, Cendrillon alluma la chandelle sur sa table de nuit, comme si la petite flamme avait le pouvoir de dispenser de la chaleur en même temps que la lumière. Ensuite, sur la pointe des pieds, elle s'approcha de la porte. Elle ne voulait pas se confronter à elles, mais elle voulait entendre ce qu'elles disaient. Elle espérait que les choses s'étaient mal passées. Après tout, sa belle-mère n'avait-elle pas jeté l'opprobre sur le vieux comte en le quittant pour un autre ? Il était mort voici deux ans, mais les cercles de courtisans lui en tenaient peut-être encore rigueur. Même son statut de fille d'un seigneur ne la prémunissait pas du scandale. Cependant, les petits gloussements à la fois joyeux et fatigués qui lui parvinrent achevèrent de doucher ses espoirs. Cendrillon jeta un coup d'œil à l'horloge : une heure et demie du matin.

— Oh, Rose, c'est merveilleux.

Sa belle-mère était parvenue en haut de l'escalier. Avec mille précautions, Cendrillon entrouvrit sa porte pour mieux entendre.

— Tu as dansé avec deux comtes, poursuivait-elle. Deux ! Tu te rends compte ?

— Cela ne veut rien dire. Nous n'avons fait que danser, répondit Rose d'un ton moins excité, depuis le palier d'en bas. Oh, quel bien fou ça fait d'enlever ces chaussures. J'ai les pieds en compote.

— Et le prince t'a fait un baisemain !

— Je pense qu'il l'a fait à toutes les femmes présentes !

Néanmoins, une note de bonne humeur transparaissait dans la voix de Rose. Pour tout dire, on aurait cru entendre parler quelqu'un d'autre. Toutefois, les pas lourds qui martelèrent bientôt les marches indiquèrent qu'il s'agissait bien de Rose, au corps et aux manières dénués de la moindre once de grâce.

— Mais n'est-il pas magnifique, Rose ? Bien sûr, je l'ai connu autrefois, quand il était garçon, et il avait déjà quelque chose qui le distinguait, mais là…

— Oui, il est charmant. Et maintenant, s'il te plaît, je t'en supplie, viens m'aider à retirer cette robe. Mes côtes ne vont pas tarder à céder. Je t'avais bien dit qu'elle était trop petite.

— Les hommes aiment les femmes qui ont une taille fine. Malheureusement, tu es un peu trop friande des bonnes choses.

Leurs voix s'estompèrent, puis Cendrillon entendit la porte de la chambre de sa belle-sœur se refermer sur les deux femmes dans un cliquetis métallique. Cendrillon attendit que le silence revienne avant de rabattre tout doucement sa propre porte. Elle sentait son sang battre dans ses veines ; le froid et la fatigue l'avaient soudain quittée, tandis qu'elle digérait les informations qu'elle avait glanées. Deux comtes. Et le prince avait baisé la main de Rose.

Elle prit le portrait encadré du prince qu'elle gardait dans sa chambre – celui-là même qui lui avait un jour valu les moqueries de Rose, alors que presque toutes les filles du royaume possédaient le leur – puis retourna se coucher, les couvertures tirées jusqu'au menton. Elle s'abîma dans la contemplation du visage souriant. Comment avait-il pu embrasser la main de Rose ? *Ce doit être par politesse. Oui, c'est ça, bien sûr. Il a embrassé la main de toutes les filles, c'est bien ce qu'elles ont dit, non ?* Non, Rose n'avait rien de particulier.

Cendrillon souffla sa chandelle et laissa sa tête retomber sur l'oreiller, le portrait du prince posé sur sa poitrine. Elle s'efforça de laisser le calme revenir en elle.

Oui, elle détestait l'idée que Rose soit allée au château et pas elle, mais à bien y songer, l'issue favorable de cette soirée n'était peut-être pas une si mauvaise nouvelle. Si Rose finissait par épouser un vieux comte, comme sa mère l'avait fait avant elle, la réputation de leur famille s'en trouverait peut-être suffisamment rehaussée pour que Cendrillon elle aussi soit invitée à ce genre d'événements. Une fois. Une seule. Oh, comme elle le voulait !

Cendrillon ferma les yeux et laissa son esprit vagabonder vers ses chimères habituelles.

Elle arrive au château et la salle de bal est pleine d'hommes et de femmes dans leurs plus beaux atours. Comme on annonce son nom depuis le haut de l'escalier, tous les visages se tournent vers elle. Personne ne la connaît, mais tout le monde est ébloui par son charme et sa beauté. Elle danse avec les cavaliers les plus charmants, mais ses yeux ne quittent pas un instant ceux du prince. C'est comme si leurs regards étaient rivés l'un à l'autre. Pour finir, le prince s'approche et l'invite. Pendant qu'ils tourbillonnent sur le parquet, ils ne voient plus rien du monde alentour. Elle sait que le prince l'aimera à jamais et qu'elle-même le chérira toujours, qu'ils se seront éternellement fidèles. La musique ralentit et il la serre plus étroitement contre lui, d'un bras puissant posé au creux de ses reins. Elle sent la chaleur de son corps d'homme ; elle brûle qu'il dépose des baisers sur sa peau. Les lèvres du prince effleurent les siennes et l'affolent jusqu'à ce qu'elle ne puisse pratiquement plus respirer. Puis la langue du prince rencontre la sienne et des myriades d'étoiles explosent en elle.

Sa rêverie bascula alors, comme toujours, pour passer à la scène de leur nuit de noces. La fête était finie, même si elle promettait de durer encore des heures dans les rues de la ville, et ils s'étaient retirés dans leur chambre. Le prince son époux se tenait debout devant elle, l'œil brillant de désir ; ses doigts dénouaient les lacets de son corsage jusqu'à la laisser entièrement nue devant lui. Cendrillon glissa une main à l'intérieur de sa chemise de nuit pour titiller la pointe de son sein droit, comme si ces doigts étaient ceux du prince – et puis sa bouche aussi. Elle gémit doucement, perdue dans la magie de l'instant, la tête emplie de gestes qu'elle ne pouvait qu'imaginer. La main du prince dans ses boucles rousses pendant qu'il l'embrassait. Ses bras passés autour du cou de son amant pendant qu'il l'emportait vers le lit. Le poids de son corps sur le sien pendant que la passion les submergeait. La main de Cendrillon descendit plus bas, pour se glisser entre ses jambes et explorer la moiteur qui s'y nichait.

Sa main à elle était sa main à lui. Puis, au bout d'un moment, c'était comme si le prince était en elle, bougeant en rythme, la bouche sur son cou, ses propres gémissements se faisant de plus en plus pressants. Il lui maintenait fermement les bras au-dessus de sa tête pendant qu'il la possédait. Ils bougeaient frénétiquement, comme des animaux, de plus en plus vite et de plus en plus fort à mesure que leur envie grandissait. Puis, dans son petit lit, dans la petite chambre de cette petite maison, Cendrillon cambra soudain le dos, tandis que des gerbes d'étoiles jaillissaient derrière ses paupières closes.

3

UN BAL DES PRÉTENDANTES...

— Leur garçon a disparu dans les bois.

— Le fils du boulanger ? Jack ?

— Ils ne l'ont pas laissé y aller seul ?

— Non, la petite Greta était avec lui. Elle est rentrée, mais elle a dû contracter une sacrée fièvre, parce qu'elle raconte des tas d'histoires étranges.

Cendrillon se tenait légèrement en retrait d'un petit groupe de commères, devant la modeste échoppe où un homme aux yeux rougis venait de lui vendre une miche. Elle s'était demandé pour quelle raison il ne l'avait pas gratifiée d'un sourire et d'un clin d'œil comme à l'accoutumée, mais elle avait mis ça sur le compte du froid glacial qui s'engouffrait à l'intérieur chaque fois qu'un client ouvrait la porte – et aussi du fait qu'elle-même n'était pas d'excellente humeur et que cela se voyait peut-être.

À présent, elle savait la vérité, et l'aigreur de la bise n'était plus rien en comparaison de ce qu'elle ressentait au creux de son ventre. Jack était un bon garçon, aimable et joyeux comme son père, et courageux au travail. *Il n'a rien pu lui arriver de mal. Pas à Jack.*

Elle continua d'écouter les propos échangés à voix basse.

— Comment ça, des « histoires étranges » ?

— Et bien…, commença la vieille femme en baissant la voix.

Tout son auditoire se rapprocha d'elle. Cendrillon ne put s'empêcher de penser que le pauvre boulanger éploré avait forcément compris quel était l'objet de ces messes basses de l'autre côté de sa vitre. Néanmoins, presque malgré elle, elle s'avança aussi pour ne rien perdre du récit.

— … c'est complètement loufoque. De toute évidence, la pauvre Greta n'a pas résisté au choc de ce qui s'est vraiment passé. Toujours est-il qu'elle a raconté qu'ils étaient bien restés sur le chemin, exactement comme on le leur avait demandé et comme ils avaient toujours fait, mais que la forêt s'était alors déplacée d'elle-même. Le chemin s'est modifié et, avant qu'ils n'aient compris ce qui se passait, ils étaient perdus au milieu d'un bois épais et dense. Ensuite, ils ont marché toute la nuit…

— Ce n'est pas possible ! intervint une femme toute maigre et au nez crochu. Elle était de retour chez elle quelques heures à peine après être partie. C'est ma Jeannie qui me l'a raconté, elle habite à côté des parents de Greta.

— Comme je disais, elle a dû attraper la fièvre ou quelque chose comme ça. En tout cas, c'est l'histoire qu'elle raconte – et celle que vous vouliez entendre, pas vrai ?

— Euh, oui…

— Alors taisez-vous et écoutez, reprit-elle dans un reniflement, en resserrant son châle autour de ses épaules. Donc, ils étaient en train de marcher dans la nuit quand ils sont tombés sur une clairière, au centre de laquelle se dressait une maison, dont les murs étaient en pain d'épices et les fenêtres en sucreries. Voilà ce que dit Greta.

Quelques grognements moqueurs accueillirent la tirade, mais la suite du récit eut tôt fait d'y mettre fin.

— Une vieille femme habitait là. Elle les a invités à entrer. Greta a refusé, mais Jack y est allé. Comme il ne ressortait pas, Greta a fait le tour de la maison pour voir s'il n'y avait pas une fenêtre par laquelle elle pourrait regarder à l'intérieur.

— Et alors, qu'est-ce qu'elle a vu ?

Si certaines avaient eu envie de rire au début, à présent, à l'instar de Cendrillon, elles étaient toutes captivées.

— Rien. Parce que quand elle a découvert ce qu'il y avait à l'arrière de la maison, elle a tourné les talons pour s'enfuir dans les bois. Elle dit qu'elle a couru droit devant elle sans s'arrêter jusqu'à ce qu'elle finisse par retomber sur le chemin qu'elle connaissait.

— Ne nous fais pas languir comme ça, Gertrude ! Il fait un froid de canard. Qu'est-ce qu'elle a découvert ?

— Des os, répondit-elle, d'une voix qui n'était plus qu'un murmure. Des petits os. Des os d'enfants.

Un long silence s'ensuivit.

— Peuh, dit finalement la femme maigre. Le garçon s'est fait dévorer par les loups et la petite a attrapé la fièvre. C'est tout.

— Il faut faire quelque chose, s'exclama Cendrillon, avant même d'avoir décidé de prendre la parole. Il faut des soldats pour garder l'accès à la forêt. On ne peut pas accepter qu'une génération entière d'enfants grandisse dans la crainte d'aller dans les bois. La forêt est essentielle pour nous.

Cendrillon répétait ce qu'avait dit Rose, alors même que les paroles de sa belle-sœur lui avaient semblé parfaitement ridicules au premier abord. Seulement, cette fois-ci, elle connaissait personnellement l'enfant disparu.

Et cela changeait tout. Cela avait beau l'agacer, elle devait bien admettre que les mots de Rose étaient pleins de bon sens. Les trois autres femmes se retournèrent pour la regarder.

— C'est vrai, martela Cendrillon. Il faut que quelqu'un aille parler au roi de…

Mais le bruit d'une cavalcade ponctuée de coups de trompe couvrit le reste de sa phrase. Deux cavaliers en livrée passèrent en trombe dans la rue. Cendrillon les regarda, les yeux écarquillés. *Le héraut royal ?* Tout le monde oublia instantanément le fils du boulanger et son sort tragique. Le boulanger lui-même sortit de sa boutique pour se joindre à la foule qui se hâtait afin d'entendre les nouvelles du château. Il était bien rare que les hérauts viennent jusque dans ces quartiers de la cité où bien peu de nobles résidaient. La nouvelle devait donc être d'importance.

Cendrillon se fraya un chemin jusqu'aux premiers rangs.

— Oyez, oyez !

Le jeune homme sur son cheval blanc portait une tunique rouge et or exempte du moindre grain de poussière. Ses cheveux noirs parfaitement coiffés brillaient presque autant que le cuir de ses bottes impeccablement cirées.

— Sa Majesté le roi annonce sa volonté d'organiser deux bals des prétendantes à l'intention de son Altesse royale le prince, qui se tiendront dans un délai de deux semaines à compter de ce samedi. Toutes les jeunes filles de noble naissance, ainsi que leurs chaperons, sont invitées à y participer. Le prince dansera avec chacune d'entre elles. À l'issue des deux bals, il choisira la prétendante qui deviendra son épouse.

Mille conversations surexcitées démarrèrent alors en même temps. Les femmes et les enfants battirent des mains, tandis que les hommes s'assenaient des tapes amicales dans le dos en souriant. Un mariage royal était toujours synonyme de festivités et de jours chômés. Le roi pouvait se montrer très généreux lorsqu'il voulait que son peuple partage son bonheur. Des quartiers de viande allaient être rôtis et la bière allait couler à flots. Des temps joyeux en perspective.

Cendrillon faillit laisser choir les quelques emplettes qu'elle portait. Le prince organisait deux bals et elle n'y serait pas invitée. Elle n'y assisterait pas, alors que Rose et sa belle-mère en seraient. C'était tellement horrible que cette simple idée la révulsait. Pire encore, elle allait en entendre parler sans arrêt au cours des deux prochaines semaines. En phase avec son humeur, le ciel s'obscurcit précisément à cet instant. C'est sous une pluie glacée que

Cendrillon regagna le logis familial, le cœur lourd et l'âme en berne.

Couvrir de longues distances n'est pas chose facile pour qui n'est qu'un petit rat. Il lui fallut deux nuits et deux jours pleins pour atteindre le sommet de la tour du château. Au terme d'un périple déjà épuisant, la dernière ascension fut interminable – le petit animal était vidé. Au moins la forêt avait-elle été clémente avec lui, en lui offrant un chemin clairement tracé et un couvert végétal pour le protéger de la froidure de la nuit. Un lièvre l'avait porté sur une bonne partie du trajet, lui permettant même de dormir au chaud dans sa fourrure pendant qu'il bondissait à travers la nuit. Une fois encore, il avait médité sur la magie, la nature et le destin, tous indissociablement mêlés dans la forêt.

La ville l'avait surpris. C'est en passant devant les mines qu'il avait repéré les premiers indices que quelque chose clochait. Les chants qui vibraient dans l'air – comme si la montagne elle-même les fredonnait – étaient empreints de mélancolie, de douleur et d'accablement. Les nains d'ordinaire si braves et courageux n'éprouvaient plus aucun plaisir à travailler. À la lisière de la forêt, des zones de sol nu étaient visibles ici et là ; les arbres et les taillis qui poussaient là d'habitude semblaient y avoir subitement renoncé, pour s'effondrer d'un coup en un vulgaire amas de paille desséchée.

L'hiver régnait dans tous les royaumes. À l'est, le froid était plus mordant et durait plus longtemps qu'ailleurs, mais il ne s'était pas attendu à ce qu'il avait découvert ici. À toute heure du jour et de la nuit, les routes et des chemins étaient couverts d'une couche de glace noire et luisante, et de grands nuages gris étiraient leurs lambeaux de ténèbres dans les cieux. Les toits des maisons étaient envahis par les corbeaux.

Il était resté dans l'ombre des bâtiments pendant que ses petites pattes le portaient, aussi vite que possible, jusqu'au château au cœur de la cité. Le froid se faisait sans cesse plus intense, et le vent plus violent. Bientôt, il lui apparut que le château était précisément l'œil de l'ouragan. C'était une ville malheureuse, noyée dans une tristesse amère qui s'écoulait comme du sang d'une blessure qu'on lui aurait infligée en plein cœur.

C'était aussi une ville en deuil. Dans toutes les maisons où il était passé, les draperies colorées avaient été remplacées par des tentures noires, et portes et volets étaient fermés. De nombreuses échoppes n'accueillaient aucun client, seules celles où l'on vendait des produits de nécessité étant autorisées à commercer. Pour autant, leurs vitrines étaient obscurcies et personne n'y venait flâner en quête d'une bonne affaire.

Le petit rat s'arrêta un instant, puis se glissa par une anfractuosité à l'intérieur d'une maison. L'oreille tendue, il profita quelques instants du réconfort de la chaleur. Le temps de se sustenter de quelques miettes volées, il apprit ce qui s'était passé.

Le roi était mort à la guerre. Sa dépouille n'avait pas encore été rapportée.

La nouvelle n'étonna guère le rongeur. Les rois aiment les batailles, et les plus courageux n'hésitent pas à prendre part aux combats les plus violents. C'est justement là que les attend la mort, résolument campée au cœur de la mêlée, occupée à se goberger de vies jusqu'à ce que sa faim soit un peu calmée. Toutes les vies se valent. Les rois meurent aussi bien que les autres guerriers.

La reine et sa magie étaient donc désormais totalement aux commandes du royaume. La femme qui papotait tout en cousant paraissait bien convaincue que la tempête n'était que l'expression du chagrin de la reine de glace, privée de son époux et de sa belle-fille disparue, mais le rat se dit que le reste de la cité ne partageait peut-être pas ce bienveillant avis. Ailleurs, comme l'attestaient les innombrables coups d'œil inquiets jetés à la dérobée aux corbeaux, il se murmurait sans doute que la reine n'était peut-être pas si chagrinée de ne plus avoir son mari dans son lit. Qu'elle avait obtenu ce qu'elle avait toujours voulu – un royaume à elle seule. Aucun noble n'irait remettre en cause son autorité, quand bien même les lois du royaume les y autorisaient. Un tel mélange de magie et d'amertume constituait une dangereuse alchimie. Si les rois affrontaient leur destin sur le champ de bataille, les politiques, eux, choisissaient des voies plus sûres pour cheminer vers leur fin. La seconde épouse du défunt souverain n'était pas un adversaire à provoquer à la légère.

Pendant un long moment, elle ne le vit pas, perdue dans ses rêveries, les genoux ramenés sous le menton, lovée sur le trône dressé au centre de la tour. Sur tous les miroirs disposés autour d'elle, elle pouvait suivre la vie de la cité qui se déroulait si loin en dessous. Les yeux des corbeaux ensorcelés lui rapportaient tout ce qu'ils voyaient. Pour autant, elle ne les regardait pas. Son magnifique visage était sombre et ses yeux, dans le vague, contemplait quelque lieu qu'elle seule voyait.

Il couina.

Elle sursauta.

Puis, l'apercevant, elle poussa un juron entre ses dents serrées – un mot cru totalement déplacé dans la bouche d'une personne de si haut rang – et leva une main. Des étincelles crépitèrent à l'extrémité de ses doigts. Elle s'interrompit cependant, sourcils froncés, avant de se pencher pour regarder de plus près. Dressé sur ses pattes arrière, le petit rongeur vit le visage au teint pâle s'approcher de lui, semblable à une lune blafarde se découpant contre le mur noir zébré d'éclairs rouges. De nouvelles rides étaient apparues au coin de ses yeux, et ses pommettes étaient plus saillantes que jamais. *En même temps,* songea-t-il, *on a tous les deux bien changé depuis le jour où je l'ai prise là, sur ce sol de marbre froid.* Et si la chose avait été possible, le rat aurait souri.

La reine le regarda fixement pendant un long moment ; il soutint son regard. Il misait tout sur le fait que la curiosité pourrait la retenir de le détruire. Sa vie et son bonheur futur dépendaient intégralement de l'issue de ce pari. Pour finir, des étincelles apparurent de nouveau au bout des doigts de la reine et un petit tintement cristallin emplit l'air. Une lumière étincelante l'enveloppa de sa chaleur et le monde tout entier se mit à frémir, s'agiter et trembler. Tout l'intérieur de son être subit le même traitement.

Il était redevenu un homme.

Et il était habillé – ce qui était plutôt un soulagement. Pendant un instant, la tête lui tourna. C'était étrange d'être de nouveau grand ! Une sensation particulière au creux de son ventre l'avertit qu'il n'était pas débarrassé de sa malédiction, mais temporairement libéré.

Il ne perdit pas une seconde en vains compliments charmants et séducteurs. L'intimité qu'ils avaient partagée un court moment avait disparu depuis longtemps. Elle servit deux verres de vin et ils prirent place sur des coussins posés à même le sol. Ensuite, ils parlèrent longuement, jusqu'au milieu de la nuit. Pour finir, ils parvinrent à un accord et conclurent un pacte. Elle lui expliqua comment le sortilège qui le frappait pouvait être levé définitivement. C'était la même méthode que pour tous les sorts, aussi ne fut-il pas très surpris. Néanmoins, en attendant ce moment où il parviendrait à s'en débarrasser pour de bon, elle allait le lever en partie, de façon à ce qu'ils puissent s'aider mutuellement. Ce n'était déjà pas si mal, comme accord.

Ce ne fut qu'au petit matin, une fois redevenu rat, qu'il regretta de ne pas avoir redescendu l'escalier avant l'heure fatidique.

Oh, comme elles s'écoulèrent lentement, ces deux semaines entre l'annonce et la tenue du premier bal ! Une véritable frénésie s'était emparée de toute la ville – et même des gens du petit peuple qui, pourtant, ne franchiraient jamais les grilles du palais. Tout le jour, les tailleurs se hâtaient de maison noble en maison noble, s'activant fébrilement pour créer la robe qui vaudrait à celle qui la porterait d'attirer l'attention du prince et de capturer son cœur. Plus personne ne regardait à la dépense et, chez les commerçants, on se frottait les mains. À eux seuls, les joailliers, coiffeurs et merciers assuraient l'essentiel de l'activité économique de la cité. Néanmoins, bouchers et boulangers n'étaient pas en reste, puisque ceux qui pensaient ne pas avoir le privilège de recevoir une invitation royale se décidaient bien souvent à organiser chez eux leur propre petite fête. Les bals des prétendantes étaient bien rares et tout le monde voulait sa part de ces journées de liesse.

Exception faite de Cendrillon. Pour elle, les journées s'étiraient en longueur et n'en finissaient plus, tandis que des équipes d'experts se pressaient dans la maison. Une femme venait instruire Rose dans l'art du maintien, tandis qu'une autre venait superviser ce qu'elle mangeait – sa mère était en effet d'avis qu'il valait mieux lui faire perdre quelques kilos, histoire qu'elle n'ait pas l'air d'une « poulinière » par rapport aux élégantes de la cour. Un homme lui enseignait l'art d'engager la conversation, et un autre celui de danser les derniers quadrilles en vogue. Telle une armée, ils arrivaient avant le point du jour et faisaient travailler la jeune femme souvent jusqu'à minuit.

Cendrillon se déplaçait comme une ombre dans la maison pour accomplir ses corvées, mais sans oublier un instant d'observer et d'écouter. Dans la solitude de sa chambrette, elle avait répété et rapidement maîtrisé les mouvements et les postures que Rose trouvait si compliqués. Elle pivotait d'un côté et puis de l'autre, avec une grâce naturelle que ne possédait pas sa belle-sœur, qui s'escrimait pesamment tous les après-midi à apprendre à danser dans ses chaussures à talons achetées tout spécialement. *Ce n'est pas juste,* songeait Cendrillon pour au moins la cent millième fois. De fait, ce n'était vraiment pas juste. L'aiguillon de la jalousie lui fit monter les larmes aux yeux lorsque la couturière déploya devant Rose un assortiment de somptueux rubans de soie. Ivy avait annoncé qu'elle paierait la robe de sa sœur et qu'il ne fallait pas regarder à la dépense, et sa mère entendait bien suivre cette consigne à la lettre.

Rose fut donc enveloppée, serrée, pincée et piquée, le tout sous un déluge de claquements de langue agacés, jusqu'à ce que deux modèles de robes soient enfin sélectionnés. Ensuite, la pauvre fille fut expédiée au lit sans dîner, de façon à ce qu'elle soit sûre de parvenir à se glisser dans sa tenue le soir du premier bal. Une nuit, Cendrillon l'entendit qui sanglotait dans sa chambre ; elle fut sur le point de frapper à la porte, mais elle se retint. Qu'aurait-elle pu dire ? Rose savait combien Cendrillon aurait aimé être invitée, et Cendrillon avait bien du mal à plaindre sa belle-sœur. Pour autant, si la frustration de ne pouvoir participer à l'événement éveillait toujours en elle une insupportable amertume, elle n'éprouvait plus envers Rose la moindre jalousie.

Les préparatifs n'en finissaient plus. La belle-mère de Cendrillon s'activait sans fin, toute à sa détermination implacable et acharnée de faire rivaliser sa fille avec les héritières des plus grandes maisons du royaume. Cendrillon finit par se demander si, derrière les rires et les souvenirs de jeunesse, le premier bal de sa belle-mère n'avait pas été une épreuve plus qu'autre chose. Avait-elle eu à subir quelque remarque acide dont elle n'avait rien dit à Rose ? Avait-elle des comptes à régler, au château ?

Pour la première fois, Cendrillon réfléchit à ce qu'avait pu être la vie d'avant de sa belle-mère. Comme elle avait dû être différente de celle qu'elle menait désormais. Et comme il avait dû lui être difficile de retourner au palais où tant de personnes n'avaient pas oublié ce qu'elle avait fait. Ces pensées suscitaient des sentiments étranges et contradictoires en Cendrillon. Elle ne voulait pas se sentir désolée pour Rose ou sa belle-mère, mais d'une certaine manière, elle ne pouvait s'en empêcher. Sa marâtre était totalement obnubilée par l'idée de retrouver sa place à la cour ; Ivy et le vicomte ne lui suffisaient plus. Son gendre était un homme nerveux qui préférait passer son temps avec son épouse dans l'intimité de son domaine ; les affaires de la cour ne l'intéressaient guère. Tous les espoirs d'Esmée reposaient donc désormais sur les épaules de Rose.

« Si tu parviens à rendre le prince amoureux de toi, Rose… Tu imagines… »

Lorsqu'arriva enfin le soir du premier bal, Cendrillon n'aurait su dire combien de fois sa belle-mère avait prononcé ces mots, chargés d'une anxiété presque palpable. Incontestablement, Cendrillon aurait rêvé d'aller au bal, mais subir les mêmes tourments que Rose aurait été pour elle un cauchemar. Sa belle-sœur était épuisée – et sa belle-mère au bord de la folie. *Oui, elle doit être folle si elle imagine qu'un homme aussi merveilleux que le prince pourrait envisager d'épouser une grosse dondon telle que Rose.* C'était impossible. Et Cendrillon avait l'intuition que Rose le savait pertinemment.

4

LA BEAUTÉ EST TOUJOURS MAGIQUE

Le soir du premier bal, les nuages gris qui plombaient le ciel depuis le début de l'hiver se dissipèrent d'un coup – et la voûte céleste put poser un regard curieux sur les activités magiques qui agitaient la ville si loin en dessous. Les étoiles scintillaient comme des diamants sur une robe bleu nuit. Même le vent tomba, comme si la nature avait eu à cœur de respecter les coiffures sophistiquées et les heures passées à se bichonner.

L'exaltation des deux semaines précédentes céda le pas à une joyeuse excitation. Les essayages étaient achevés ; les attelages étaient loués. Le moment tant attendu par toutes les dames du pays était enfin arrivé. Ce soir-là, elles allaient toutes danser avec le prince. Et, à la fin du bal suivant, l'une d'elles s'en retournerait chez elle fiancée au futur souverain. Si chacune se récriait, comme il se doit, quand on lui suggérait que le prince ne pouvait que la choisir, toutes espéraient bien entendu, du fond de leur cœur, être l'heureuse élue.

La diète sévère avait porté ses fruits, la robe écarlate de Rose lui allait comme un gant. « Rose rouge », comme l'appelait sa mère, souriait fièrement en contemplant le fruit de tous ses efforts. Cendrillon ne dit rien, mais en son for intérieur, elle dut bien admettre que Rose ainsi apprêtée était jolie – pas sublime, mais à tout le moins piquante et élégante. Comme le voulait la coutume, Esmée portait une robe de chaperon dans les tons bruns, mais celle-ci était de riche taffetas et la teinte lui allait bien. Sur le seuil du salon, Cendrillon les regardait se préparer à partir. Jamais de sa vie elle n'avait senti à ce point qu'elle n'était que la fille d'un pauvre secrétaire.

Debout dans l'escalier, son père croisa son regard et lui sourit, mais elle l'ignora. Passant devant tout le monde sans décrocher un mot, elle s'éclipsa dans la cuisine. Son père allait encore dire qu'elle boudait – et peut-être était-ce le cas –, mais il ne pouvait pas comprendre. Comment le pourrait-il ? Depuis que le journal avait mis la clé sous la porte, sa seule ambition était d'écrire son stupide roman, enfermé à longueur de temps dans sa mansarde. Peu lui importait d'être élégant, de danser ou d'aller au palais. Comment alors aurait-il pu mesurer à quel point sa fille vivait cette situation comme une injustice ? En même temps, qu'y avait-il à espérer ? Il le lui avait dit : si sa première femme, la mère de Cendrillon, avait vécu, il l'aurait de toute façon quittée pour cette stupide vache d'Esmée… Au fond, son père était aussi horrible et égoïste que tous les autres. Il aurait dû être à ses côtés. Il aurait dû ne pas approuver toutes les dépenses engagées pour que Rose aille à un bal qui ne déboucherait sur rien d'autre que des dettes.

Elle ouvrit la porte de derrière et remonta le petit escalier menant du sous-sol au trottoir. L'air était vif et piquant, mais sans le vent aigre, la nuit paraissait plutôt douce. Assise sur la pierre froide et humide, elle regarda le splendide carrosse d'Ivy approcher. Les mains glissées dans des manchons de fourrure assortis à leurs somptueuses étoles, Rose et sa mère sortirent de la maison en riant, pour aller s'installer à l'intérieur.

Cendrillon resta sur les marches bien après que le carrosse eut disparu en direction du château ; le regard perdu dans le ciel étoilé, elle luttait pour ravaler ses larmes. *Est-ce que ma vie sera toujours ainsi ? Serai-je à jamais une bête de somme, dans l'ombre de Rose et d'Ivy ? La pauvre petite belle-sœur ? La fille du commun ?* Peut-être devait-il en être ainsi, mais tout ce que Cendrillon demandait, c'était une soirée. Une nuit spéciale où elle serait quelqu'un. Au-dessus de sa tête, une étoile traversa la voûte des cieux. Cendrillon ferma les yeux et les tint serrés très fort. *Un bal, un seul,* soupira-t-elle. *Si je pouvais aller au château ne serait-ce qu'une seule fois...*

—On dirait que je suis en retard.

Surprise, Cendrillon rouvrit les yeux – juste à temps pour apercevoir la dernière étincelle en train de s'évanouir dans l'air gelé, laissant dans son sillage une femme magnifique. Ses cheveux blonds, presque blancs comme la glace, lui tombaient librement sur les épaules et dans le dos. Sa peau de lait faisait contraste avec sa robe noire. Ses yeux bleus évoquaient deux lacs gelés. Elle tira une baguette noire d'un sac de velours et jeta un regard courroucé au petit rongeur brun assis sur son derrière à ses pieds.

—Les indications n'étaient pas des plus claires !

—Qui êtes-vous ? demanda Cendrillon dans un souffle.

La femme avait surgi de nulle part, dans ce qui ne pouvait être qu'un tourbillon de magie. Qu'était-elle venue faire là ?

—Si tu tiens absolument à mettre des mots sur ce que je suis, répondit-elle avec un haussement d'épaules, je suppose que tu peux me considérer comme ta fée marraine.

Et maintenant, rentrons à l'intérieur. Il fait un froid de gueux ici, et j'ai besoin de boire quelque chose.

D'un geste, elle chassa le rat, qui partit se réfugier en trottinant au coin de la rue.

— Bon alors, on s'y met ? dit-elle en jetant un regard noir à Cendrillon. Tu veux y aller à ce bal, oui ou non ?

Dans la douce chaleur de la cuisine, Cendrillon trouva sa fée marraine encore plus magnifique qu'à la lueur de la lune. Elle avait des traits félins et délicats, mais une certaine dureté dans son maintien lui conférait une allure inhumaine, presque éthérée. Et ce n'était pas tout, car il n'émanait d'elle absolument aucune gentillesse – c'en était presque perturbant. Elle n'avait pas encore souri depuis son apparition.

— C'est ce que tu as de meilleur ? demanda-t-elle à Cendrillon en haussant un sourcil, après avoir avalé une grande gorgée de vin rouge.

— Oui, je suis désolée. Nous ne sommes pas… Nous n'avons pas…

— Je vais faire avec, l'interrompit la fée marraine en s'asseyant sur le rebord de la table de la cuisine pour examiner Cendrillon. Alors comme ça, tu veux aller au bal du prince ? demanda-t-elle en se resservant un verre.

— Oh oui, répondit Cendrillon les yeux écarquillés et le cœur battant la chamade. Plus que tout au monde.

— Laisse-moi deviner. Tu veux danser avec le prince, faire en sorte qu'il tombe amoureux, et ensuite vivre heureuse avec lui et avoir beaucoup d'enfants.

— Oh oui, répondit Cendrillon en hochant frénétiquement la tête.

— Pour la dernière partie, je ne peux rien te promettre, dit la fée marraine en s'octroyant une nouvelle gorgée. Aucune magie ne peut t'assurer le grand bonheur. En revanche, je peux te promettre que tu capteras son attention et qu'il te désirera. Oui, tu l'attraperas ton prince. Mais de ce qui se passera ensuite, je ne peux rien dire à l'avance.

— Mais comment ? Comment vais-je y aller ?

La tête lui tournait. En songe, elle s'était vue mille fois se rendant au château, mais jamais elle n'avait pensé que ses rêves pouvaient devenir réalité. D'ailleurs, peut-être était-elle en train de rêver ? Se serait-elle endormie sur les marches ?

— Je n'ai pas une seule belle robe à me mettre.

— Arrête de faire ta mijaurée, s'exclama sa fée marraine, en faisant la moue. Ça, c'est la partie facile.

Elle prit une noix dans son sac et l'ouvrit en la cognant contre la surface de la table. Ensuite, elle la leva au-dessus de Cendrillon pour répandre soigneusement son contenu sur elle. Une poussière scintillante au goût de charbon l'enveloppa et, à ce moment précis, Cendrillon eut la très nette sensation d'entendre l'écho de voix d'hommes en train de chanter et de marteler la roche. Une nuée de papillons s'égailla au creux de son ventre, tandis que des ailes minuscules la picotaient dans tous les membres. Elle en eut le souffle coupé. L'espace d'un instant, elle se retrouva au cœur d'un maelström d'étoiles qui scintillaient comme des diamants. Sa peau frissonna sous la caresse d'un courant d'air glacé, puis quelque chose lui enserra la taille, expulsant tout l'air de ses poumons. Les baleines d'un corset se mettaient en place.

Enfin, Cendrillon baissa les yeux et vit que sa vieille robe d'intérieur avait disparu. À la place, elle portait une somptueuse toilette couleur argent, cintrée à la taille et au corsage sans manches. La soie était constellée de petites gemmes, et sa peau scintillait comme si les étoiles qui avaient tourbillonné autour de sa tête s'étaient déposées sur elle en une pluie de poussière. Cendrillon se retourna pour se voir dans le petit miroir accroché au mur de la cuisine et faillit bien ne pas se reconnaître. Ses boucles flamboyantes étaient ramenées en une savante coiffure déstructurée ornée de pierres et de perles. Son visage était maquillé et une touche de rose ornait ses lèvres.

— C'est magique, dit-elle dans un soupir.

— La beauté est toujours magique, répondit doucement sa fée marraine. Mais c'est une magie sur laquelle tu n'as aucun contrôle.

— Je suis vraiment magnifique, dit Cendrillon, avec un grand sourire. Le prince va sûrement tomber amoureux de moi.

— Oh, jolie bécasse, dit sa fée marraine avec un petit rire qui évoquait le bruit de la glace en train de se rompre. Elles seront toutes magnifiques. Après tout, c'est le bal des prétendantes du prince. Il va falloir plus qu'un beau minois et une jolie robe pour le prendre dans tes filets. Heureusement, tu as ces pantoufles à tes pieds.

Cendrillon baissa les yeux et découvrit la plus merveilleuse paire de chaussures qu'elle avait jamais vue.

— Elles sont en verre ?

— Ne dis donc pas de bêtises ! Comment voudrais-tu marcher chaussée de verre ? Elles sont en diamant.

Cendrillon secoua un pied de droite et de gauche pour que sa chaussure scintille à la lumière et reflète les éclats d'argent de sa robe.

— Les diamants ont une puissance très particulière. Ce sont des pierres enchantées, expliqua la fée marraine en scrutant Cendrillon de ses yeux bleus, froids et calculateurs. Ce sont eux qui vont faire tout ton charme.

— Elles me vont à la perfection.

Les chaussures étaient plus légères qu'elle ne l'aurait cru – et chaudes avec ça.

— J'imagine que c'est comme ça quand elles le veulent bien, ronronna sa fée marraine.

Cendrillon sourit. Les talons hauts la rendaient plus grande que sa visiteuse, aussi étrange qu'exquise. Elle se sentait élégante. Ses pantoufles de diamant étaient parfaites, douces et chaudes sous la plante de ses pieds. C'étaient des chaussures avec lesquelles elle pourrait danser toute la nuit.

— Voici une seconde noix, dit la fée marraine en cachant la coque magique derrière une pile d'assiettes sur la deuxième étagère du buffet. Demain soir, tu la casseras comme je l'ai fait avant d'inhaler son contenu. Tu seras alors transformée à nouveau.

La fée marraine frappa dans ses mains.

— Et maintenant, te voilà prête.

— Je n'arrive pas à croire que vous fassiez tout ça pour moi, s'exclama Cendrillon, au comble de l'excitation. Merci, mille fois merci. Vous avez exaucé mes rêves.

Dans un élan de reconnaissance, elle tenta de prendre sa fée marraine dans ses bras, mais cette dernière lui saisit les poignets, brisant l'étreinte avant même qu'elle n'ait eu lieu.

— Je n'ai pas dit qu'il n'y avait pas un prix à payer, dit-elle d'une voix glaciale sans relâcher sa proie.

— Comment ça ?

Les doigts minces s'enfonçaient si profondément dans la peau de Cendrillon qu'elle eut peur d'avoir des marques.

— Il y a toujours un prix à payer, expliqua la fée marraine en relâchant tout doucement sa prisonnière. Je peux faire ça pour toi, mais j'ai besoin de quelque chose en retour.

Cendrillon ne répondit rien ; elle était tout ouïe. Quelle que soit la chose demandée, elle savait qu'elle allait dire oui. Si près du but, ne pas réaliser son vœu aurait été pour elle un véritable crève-cœur.

— Tu auras ton précieux prince puisque tu y tiens tant. Ensuite, lorsqu'il t'invitera au château pour préparer votre glorieux mariage, je veux que tu explores toutes les pièces qui s'y trouvent. Un de mes serviteurs – celui-là même qui t'attend dehors avec ton carrosse pour te conduire là-bas – viendra te voir chaque nuit, et tu lui raconteras tout ce que tu auras vu lors de tes excursions.

— Toutes les pièces ? Mais il doit y en avoir des centaines !

— Les châteaux ne sont jamais aussi grands qu'ils le paraissent vus de l'extérieur.

Les yeux de la fée marraine s'assombrirent et, l'espace d'un battement de cœur, Cendrillon se dit qu'elle avait l'air tout à la fois triste et blessée.

— À l'intérieur, on peut y devenir claustrophobes, termina-t-elle presque à voix basse, perdue dans un monde auquel Cendrillon n'avait pas accès. Toutes les pièces, hein ! C'est bien compris ?

Cendrillon hocha la tête.

— J'ai compris.

Sa fée marraine l'observa avec attention pendant un long moment, avant de tirer une troisième noix de son corsage. Contrairement aux autres, celle-ci était si foncée qu'elle en paraissait noire, et si petite et noueuse qu'elle donnait l'impression d'avoir été fossilisée, puis excavée de quelque fosse dans la forêt.

— Celle-ci, dit-elle doucement, ne la casse qu'en cas d'urgence. Mais uniquement une fois que tu auras fouillé tout le château.

— Quel type d'urgence ? demanda Cendrillon.

— Si la vie au château n'est pas tout à fait celle que tu avais prévue. Si tu as besoin de fuir sans heurt et en toute discrétion.

Cendrillon songea au château et au charmant prince qui l'attendait là-bas.

— Je doute d'en avoir besoin, affirma-t-elle d'un ton catégorique.

— Très bien, dit la fée marraine avec un sourire, avant de se lever et de ramasser son sac. Et maintenant, au bal.

Elle claqua des doigts et la porte de derrière s'ouvrit.

Un somptueux carrosse attendait dans la rue. Deux chevaux gris, chacun pourvu d'une stupéfiante crinière noire, piaffaient dans les brancards. Un cocher robuste sauta à terre pour venir lui ouvrir la portière délicatement ornée. Malgré l'obscurité, Cendrillon vit que les sièges étaient tendus de velours rouge à liseré d'or. D'une main ferme et puissante, le cocher prit celle de Cendrillon pour l'aider à monter à l'intérieur. Elle marmonna un remerciement, mais ses pensées étaient tout entières tournées vers sa tenue, son équipage et son prince.

— N'oublie pas notre accord, dit sa fée marraine, debout sur le trottoir. Autrement, tu t'en mordras les doigts.

— Je n'oublierai pas, répondit Cendrillon en contenant un frisson. Merci.

La menace ne lui avait pas échappé.

— Encore une chose, ajouta la fée marraine en refermant la porte. Veille bien à partir avant minuit, au plus tard. Les deux soirs.

— Minuit ? répéta Cendrillon, dépitée. Mais les dernières danses n'auront même pas commencé, à cette heure-là. Il dansera avec d'autres, après mon départ. Il m'oubliera.

— Tu as encore bien des choses à apprendre au sujet des hommes. Séduis-le, puis laisse-le sur sa faim, dit-elle avec un petit sourire teinté d'une note d'amertume. C'est là que réside ton véritable pouvoir. Minuit, n'oublie pas, dit-elle encore en adressant un signe au cocher.

Puis le carrosse se mit en route. Lorsque Cendrillon se pencha à la fenêtre pour regarder en arrière, sa fée marraine avait disparu. Seules subsistaient quelques étincelles en suspension dans l'air glacé.

La température chutait à mesure que la nuit s'installait, mais Cendrillon n'y prêta aucune attention en descendant du carrosse à l'entrée du château. La beauté des lieux lui coupa le souffle. Pas étonnant que sa belle-mère ait tellement envie de rentrer dans les bonnes grâces de la cour, si cela pouvait lui permettre de revenir ici plus souvent! *D'ailleurs, comment a-t-elle fait pour renoncer à tout ça?* Intégralement construit de marbre blanc, le palais était hérissé d'élégantes tours de tailles diverses et variées, agencées tout autour du corps principal. Au sommet de chacune d'elles, un brasier rougeoyait comme une balise dans la nuit.

Selon la légende, au temps des dragons, les énormes créatures effectuaient leur vol nuptial dans les cieux au-dessus du château, décrivant de nombreux cercles autour des feux des tours avant de s'en aller nicher dans la montagne au loin. Ce soir-là, Cendrillon n'avait aucune peine à croire à la véracité de cette histoire. Les lumières des tours étaient comme des étoiles amicales posées bas dans le ciel, souriant à sa bonne fortune. De plus, on avait visiblement allumé des myriades de bougies derrière chaque fenêtre de chaque tour pour le bal. Le spectacle était si sublime que Cendrillon sentit son ventre se nouer.

— Au bout du compte, ce n'est rien d'autre qu'une maison.

Perdue dans ses pensées, toute à la magie de l'instant, Cendrillon n'avait pas encore lâché la main du cocher qui l'avait aidée à descendre. Elle la retira vivement.

— C'est beau, dit-elle dans un souffle.

— On surestime parfois la beauté, répondit-il. Et elle se fane avec le temps.

Ses yeux noirs paraissaient se moquer d'elle. Cendrillon s'empourpra légèrement.

— Peut-être, mais c'est tout de même ma beauté qui va subjuguer le prince, répliqua-t-elle sur un ton de défi.

— Qui vivra verra.

Il rit et un grand sourire s'épanouit sur son visage buriné. Les accents chaleureux de sa voix pleine de gouaille surprirent Cendrillon.

— Qu'y a-t-il de si drôle ? demanda-t-elle.

Il la déstabilisait et elle n'aimait pas ça.

— Le fait que vous pensiez être le chasseur ce soir, répondit-il avec une petite inclinaison du buste. Et maintenant, filez ! Allez sautiller avec toutes les autres biches. Vos chaussures feront le reste. Soyez de retour avant minuit. Je vous attendrai.

Cendrillon releva fièrement le menton pour lui jeter un regard noir. Puis elle tourna les talons et gravit le magnifique escalier en direction des valets qui attendaient à la porte. Elle ne se retourna pas une seule fois. Il pouvait bien rire d'elle, elle n'en avait que faire. Il n'était personne. Il n'était rien. *Qui se soucie de ce qu'il pense ?*

Lorsqu'elle foula le tapis rouge de l'escalier qui menait à la grande salle de bal, elle oublia tout à fait ce rustaud de cocher. Dans un coin de la pièce, une fontaine de champagne cascadait dans un assemblage de délicates coupes de cristal. À intervalles réguliers le long des murs, des valets aux perruques poudrées du même bleu que leurs vestes se tenaient immobiles et silencieux. Par-delà un océan de jeunes gens, femmes élégantes et nobles amis du prince, un orchestre de musiciens masqués et tous vêtus de blanc jouait une valse sur une estrade de verre. C'était exactement comme elle l'avait imaginé – et mieux encore. Elle prit une coupe de champagne sur le plateau d'un serviteur, stupéfaite de voir à quel point sa main était ferme. Elle s'était attendue à être plus nerveuse, mais la chaleur qui se diffusait dans tout son corps depuis ses chaussures l'incitait à garder la tête bien haute. Elle allait se montrer mystérieuse et pleine de confiance en elle – exactement comme sa fée marraine.

Elle prit une gorgée de son breuvage, apprécia la fraîcheur piquante des bulles et un peu moins l'acidité sur sa langue, puis parcourut des yeux l'assemblée, véritable marée chatoyante. Toutes les jeunes femmes de noble ascendance de la cité portaient les atours les plus raffinés et les plus coûteux. En comparaison, sa propre robe couleur argent paraissait presque fade. Cependant, tandis qu'elle s'avançait vers le centre de l'immense salle, elle put voir combien les têtes se tournaient vers elle et entendre les conversations devenir murmures. Les femmes lui jetaient des regards suspicieux, tandis que les hommes la détaillaient de la tête aux pieds, s'attardant sur sa silhouette. Cendrillon lutta contre l'envie de sourire qui lui venait naturellement. Oh oui, elle allait être la reine du bal ! Elle marcha droit devant elle sans retourner un seul des sourires engageants que les jeunes gens lui adressaient. Il n'y avait qu'un seul homme avec qui elle voulait danser : le prince lui-même.

Lorsqu'elle l'aperçut, elle s'arrêta net, le souffle coupé. Son cœur soudain s'emballa. Jamais encore elle n'avait vu plus bel homme. Elle s'était demandé s'il serait aussi séduisant que le portrait de lui qu'elle gardait à côté de son lit, et la voilà qui découvrait à présent que la peinture n'était au mieux qu'une pâle imitation. Grand et large d'épaules, il était tout de noir vêtu. Ses cheveux blond foncé étaient soigneusement peignés avec une raie sur le côté ; son visage parfait était joliment halé. Hypnotisée, Cendrillon le regardait danser avec une jeune fille de petite taille engoncée dans une robe bleue. Il valsait naturellement et sans efforts. De toute évidence, sa cavalière était déjà follement amoureuse de lui, mais il était tout aussi évident que le prince ne s'intéressait guère à elle. Par-dessus l'épaule de sa partenaire, il adressait tous ses sourires à quelqu'un d'autre. Une personne que Cendrillon ne voyait pas.

— Il la regarde encore.

— Pourquoi elle ? Il a déjà dansé deux fois avec elle. C'est la seule qu'il ait ainsi distinguée. Pourtant, elle n'est même pas vraiment jolie.

— Elle n'est pas inintéressante non plus.

— Pour peu qu'on la trouve à son goût.

Cendrillon n'aurait su dire au juste lesquelles des jeunes filles massées à côté d'elle échangeaient ces murmures, mais elle écoutait de toutes ses forces. Quelqu'un avait déjà capté l'attention du prince. Elle sentit un grand froid s'installer au creux de son ventre. *Qui ?* Mais qui donc était sa concurrente ? Ses pieds devinrent brûlants à l'intérieur de ses chaussures.

— Tu connais l'histoire de sa mère, n'est-ce pas ? Elle a quitté un comte pour fuir avec un secrétaire ! C'est d'un ridicule ! Après tout, le prince a peut-être simplement pitié d'elle.

Cendrillon dut s'adosser à un pilier pour ne pas s'effondrer. Rose ? C'était de Rose qu'elles parlaient ? *Non, ce n'est pas possible.* Elle s'avança dans la foule ; il fallait qu'elle sache. Il ne lui fallut guère qu'une seconde pour apercevoir sa belle-sœur, debout au bord de la piste, en train de contempler le prince. Ses joues enflammées faisaient écho au rouge de sa robe. Elle souriait au prince et son visage en était transformé – elle en devenait presque belle. Du fait de sa diète forcée, Rose avait fondu et arborait désormais des traits délicatement dessinés. Pour la première fois, Cendrillon vit que sa belle-sœur était bien loin d'être laide. Atypique, assurément, mais pas vilaine. Elle grinça des dents. Pas question que Rose lui souffle son prince. Oh non, pas Rose.

La musique cessa et la salle tout entière applaudit. Bon nombre des jeunes filles avaient décidé de s'intéresser à présent aux autres nobles de l'assistance. Le prince n'ayant visiblement d'yeux que pour une seule d'entre elles, il était temps de découvrir les autres partis intéressants présents à ce bal. Cendrillon regarda ses chaussures. Elles reflétaient les éclats d'argent de sa robe, comme autant de clairs de lune à la surface d'un étang. Elle prit une profonde inspiration. Ses pantoufles étaient magiques : Rose ne pouvait pas lutter contre ça.

Après s'être poliment incliné devant la jeune fille qu'il était déjà certainement en train d'oublier – mais qui, elle, se souviendrait à jamais d'avoir senti cette main princière dans le creux de ses reins –, le prince se dirigea de nouveau vers Rose.

Cendrillon choisit cet instant pour engager sa manœuvre. En veillant bien à tourner le dos à sa belle-sœur, elle traversa la salle de façon à couper la route du prince. Son bras accrocha celui du jeune homme et elle leva de grands yeux vers lui.

— Oh, je suis désolée, Votre Altesse, dit-elle en exécutant une profonde révérence. J'aurais dû faire attention.

— Non, c'était à moi de…

Son regard, jusqu'alors rivé sur Rose, se posa sur Cendrillon. Et cela suffit. La fin de sa phrase se perdit, tandis qu'il tendait la main pour la relever.

— Je ne crois pas que nous ayons dansé ce soir. Je m'en souviendrais.

— Nous n'avons pas dansé.

— Alors, réparons tout de suite cet oubli.

Et, sans détacher son regard de celui de Cendrillon, il l'attira contre lui, beaucoup plus étroitement qu'il ne l'avait fait avec sa précédente cavalière. Elle sentait le bras du prince dans son dos, son corps tout entier vibrait à ce simple contact. Son visage presque niché dans le cou du prince, elle pouvait respirer son odeur chaude et parfumée, qui lui arrivait par bouffées. Elle leva les yeux vers lui et leurs lèvres se frôlèrent.

— Qui êtes-vous ? demanda-t-il dans un murmure.

— Je suis…

Cendrillon pensa alors à Rose, puis à sa belle-mère, qui devait être là, tout près. Elle pensa aussi à son père, le petit secrétaire. Pour finir, elle dit la première chose qui lui passa par la tête.

— Les noms peuvent attendre. Dansez avec moi.

— Comme vous voudrez, mystérieuse demoiselle.

Il lui sourit, et Cendrillon songea que ce sourire renfermait toute la beauté du monde. Elle se sentait fondre entre ses bras. Elle le laissa l'emporter dans un tourbillon de pas parfaitement harmonieux tant leurs pieds étaient accordés. Elle ne se préoccupait plus d'être vue par Rose et sa mère. Elle ne les cherchait même pas du regard. Pour Cendrillon, le reste du monde avait cessé d'exister. Il n'y avait plus qu'elle, son magnifique prince et la musique. Le temps était aboli, et elle vivait un instant qu'elle aurait voulu éternel. Enfin, la musique cessa et les musiciens firent une pause. Le prince entraîna Cendrillon vers un petit divan tendu de velours dans un coin de la pièce. Ils s'assirent et les courtisans veillèrent à leur ménager une certaine intimité. Cendrillon gardait la tête tournée sur le côté ou inclinée vers le sol, au cas où Rose et sa mère l'auraient dévisagée avec un peu trop d'attention.

— Je rêvais de vous rencontrer. Je sais que c'est idiot…

Les mots étaient sortis de sa bouche avant qu'elle ait pu les retenir.

— C'est étonnant, répondit le prince dans un souffle. J'ai l'impression de déjà vous connaître alors que je ne sais même pas comment vous vous appelez. Dès l'instant où je vous ai vue, mon cœur s'est…

Il se pencha vers elle et lui prit la main.

— Tous les autres visages ont disparu… J'ai su…

De son pouce brûlant, il lui caressait doucement le dos de la main. Elle sentit son souffle qui s'accélérait. Le visage grave, il la sondait du regard.

— J'avais renoncé à l'amour, vous savez. Au véritable amour.

Il s'était penché encore et leurs lèvres se touchaient presque. Cendrillon brûlait de caresser son visage, de sentir les mains du prince sur elle. Son cœur battait la chamade dans sa poitrine. Cet instant était tout ce dont elle avait rêvé depuis qu'elle était petite fille. C'était l'homme le plus merveilleux qu'elle avait jamais vu. Il était là, devant elle. Et il la désirait.

— Les choses ne sont pas toujours ce qu'elles paraissent être, reprit-il, mais ce qui nous arrive est magique.

— Le coup de foudre, répondit-elle en tâchant d'ignorer le léger malaise que l'évocation de la magie suscitait en elle.

— Oui, dit-il. J'y crois.

— Et si nous dansions encore ? lui demanda-t-elle.

Elle voulait sentir son corps contre le sien, nouer ses bras autour de son cou et bouger en rythme avec lui, oublier le formalisme rigide des mondanités. Mais plus encore, elle voulait l'embrasser.

— Vos désirs sont des ordres, dit-il.

Elle se remit debout avec l'impression de flotter dans les airs, mais lorsque ses yeux se posèrent sur l'horloge, elle eut l'impression de retomber lourdement sur terre. *Onze heures et quart. Ce n'est pas possible.* Elle sentit son cœur s'affoler. *Dois-je partir à minuit ou être rentrée à minuit ? Qu'a-t-elle dit, déjà ?* Cendrillon ne pouvait pas courir le risque d'être en retard et de se retrouver privée de la seconde soirée, celle où le prince ferait son choix.

— Vous voulez bien m'excuser un instant ? dit-elle en levant les yeux vers lui, afin de graver dans sa mémoire la perfection de ses traits. Il faut que…

Elle ne savait au juste comment finir sa phrase. Heureusement, le prince se contenta de hocher la tête.

— Faites vite, mon amour.

Elle s'éloigna à la hâte, avant que sa détermination ne s'étiole. Puis elle fendit la foule des convives en direction de l'escalier, sans se retourner une seule fois.

Le carrosse l'attendait. Adossé à la portière, le cocher la regarda dévaler le grand escalier.

— Alors, vous avez rencontré votre prince charmant ?

Une fois encore, elle perçut dans sa voix bourrue une pointe de moquerie. Cendrillon le fusilla du regard. Elle voulait qu'il s'écarte pour lui permettre de monter. Il avait beau être bien bâti, il n'était pas aussi grand que le prince. Et alors que l'homme qu'elle aimait était blond et magnifique, celui-ci était brun et ses cheveux lui tombaient dans les yeux. Une barbe drue commençait à lui bleuir les joues et le menton, et ses yeux marron rendaient Cendrillon nerveuse – elle ne parvenait pas à les déchiffrer.

— Oui, je l'ai rencontré, répondit-elle. Et maintenant, ramenez-moi avant que nous ayons tous les deux des ennuis.

Il émit un petit rire gouailleur et vulgaire avant de s'écarter en ouvrant la porte. Comme Cendrillon prenait place à l'intérieur, il exécuta une révérence ridicule.

— J'avoue que je semble être né pour m'attirer des ennuis, dit-il, mais au moins, je ne suis pas une chochotte de prince, incapable de me prendre en charge.

— Que voulez-vous dire ? demanda Cendrillon en se penchant sur son siège.

Mais soit il ne l'entendit pas, soit il décida de ne pas répondre. L'instant suivant, le carrosse s'ébranla ; ils étaient sur le chemin du retour. *Il est jaloux*, décida-t-elle. Et comment pourrait-il ne pas l'être ? Le prince avait tout ce dont une femme peut rêver. Qui pouvait en douter ? Et d'ici peu, ce prince parfait serait à elle. Cette pensée fit venir un sourire sur ses lèvres. Tandis qu'ils allaient au grand galop par les rues, Cendrillon s'abandonna au souvenir de la main du futur roi sur la sienne, et de la manière dont il l'avait serrée pendant qu'ils dansaient.

La magie s'évanouit à la seconde même où elle franchit le seuil de la porte de la cuisine. Ses cheveux artistement coiffés retombèrent sur ses épaules, et sa belle robe d'argent s'évapora dans les airs. Elle retrouva aussitôt sa misérable tenue d'intérieur. Subitement, ses pieds devinrent froids quand ses chaussures, informes et inconfortables, remplacèrent les pantoufles de diamant. Pour autant, Cendrillon ne se départit pas de son sourire. Après s'être assurée que ses deux noix étaient en sûreté dans sa poche, elle but un verre du vin de son père, avant de danser avec le balai en riant toute seule de bonheur.

À peine avait-elle gravi dans le noir l'escalier jusqu'à sa chambre pour se glisser dans son lit glacé que la porte d'entrée claqua violemment. Des lumières furent allumées dans toute la maison. Elle entendit sa belle-mère crier. Elle aurait parié une fortune que sa belle-sœur pleurait.

— Quelle idiote, non mais quelle idiote tu fais !

— Ce n'est pas ma faute, je...

— Tu le tenais dans le creux de ta main ! Tous mes rêves... Tous tes rêves, fracassés !

— Mère, j'ai fait de mon mieux...

— Ce n'était pas assez !

Cendrillon ramena les genoux sous son menton. L'excitation et le feu de l'amour irradiaient encore le creux de son ventre, mais elle n'avait jamais entendu sa belle-mère en proie à une hystérie pareille. Ces cris lui donnaient la nausée. Tout comme les sanglots de Rose, d'ailleurs.

— Je suis désolée. Je suis désolée...

— Parce que tu crois que tes excuses suffiront ! Tu as tout gâché ! Tout !

Après avoir tiré les couvertures sur sa tête, Cendrillon se plaqua les mains sur les oreilles. Elle n'allait pas les laisser gâcher son bonheur. Certainement pas. Dans le calme de son cœur, elle se fit une promesse : si c'était bien elle que le prince choisissait le lendemain, elle trouverait un comte avec lequel Rose pourrait convoler. Un comte jeune et séduisant.

Le jour suivant lui parut interminable. Dès qu'elle eut fini ses corvées, Cendrillon fila se cacher dans sa chambre, évitant soigneusement de croiser sa belle-mère. La pauvre Esmée alternait les moments où elle réprimandait vertement sa fille et ceux où elle l'encourageait à donner le meilleur d'elle-même au cours du second bal. Enfin, la nuit arriva. Par la fenêtre, Cendrillon regarda partir Rose dans le carrosse d'Ivy. Cette fois, elle n'éprouvait aucune jalousie ; c'était l'excitation qui la submergeait. Dès que son père eut regagné son bureau sous les combles pour travailler jusqu'aux petites heures du matin, elle fila dans la cuisine et brisa la deuxième noix.

Ce soir-là, sa robe étincelait comme de l'or, reflétant l'éclat et toutes les nuances de sa somptueuse chevelure. Au chaud dans les pantoufles magiques, ses pieds dansaient tout seuls, et son visage rayonnait de bonheur.

— Très jolie, dit le cocher en lui ouvrant la porte. Pour ceux qui aiment ce genre-là.

— Faites-vous exprès d'être si désagréable avec moi ? demanda Cendrillon en fronçant les sourcils. Si vous me trouvez si affreuse, gardez vos réflexions pour vous.

Il la regarda avec son éternel petit sourire. *Il se moque de moi, c'est sûr.*

— Quoi ? aboya-t-elle, agacée.

— Je ne parlais pas de la pièce de viande, répondit-il, mais de la garniture. En tout cas, vous avez bel et bien l'air d'une dame de la cour, c'est sûr.

— Et alors ? Quel mal y a-t-il à ça ? C'est ce que je veux être.

— Rien, ça me va très bien. C'est juste que je préfère une vraie femme, c'est tout. Le genre à courir librement dans les bois. Et maintenant, il est temps de vous conduire à votre prince, n'est-ce pas ?

Cendrillon ne répondit rien, se contentant de pincer les lèvres. Elle se ferait un plaisir de ne plus jamais adresser la parole à cette insupportable brute.

Rose tentait d'entamer une conversation avec le prince lorsque Cendrillon fit son entrée dans la salle de bal. À sa grande satisfaction, elle vit que l'héritier du trône ne manifestait absolument plus aucun intérêt pour sa belle-sœur. Pour tout dire, il paraissait tout à la fois distrait et irrité ; son regard papillonnait de-ci de-là à travers l'immense pièce. Cendrillon sentit son cœur se gonfler à la seconde où elle l'aperçut. Elle prit une coupe de champagne et attendit qu'il ait proprement éconduit la pauvre Rose, la renvoyant honteuse et meurtrie vers le fond de la salle. Alors seulement elle s'approcha.

— Bonsoir, dit-elle.

Le prince en resta bouche bée.

— Vous ! Vous êtes là ! Vous êtes…

Il la détailla de la tête aux pieds, puis sourit.

— … parfaite, conclut-il.

— Je suis désolée d'avoir dû partir ainsi, dit-elle tandis qu'il la prenait dans ses bras pour l'entraîner sur la piste de danse.

Autour d'eux, les couples s'écartaient doucement ; les jeunes filles dépourvues de cavaliers se retirèrent en petits groupes dans les coins pour se consoler mutuellement.

De toute évidence, le prince n'avait de vues que sur une personne en particulier. L'arrivée de Cendrillon l'avait comme ramené à la vie ; toute langueur l'avait quitté comme on se dépouille d'un manteau.

— J'ai cru que vous m'aviez abandonné, dit-il. Je n'ai pas fermé l'œil de la nuit. Je n'ai fait que penser à vous.

— J'en ai fait autant, répondit-elle en souriant.

Se pouvait-il qu'il soit devenu encore plus attirant au cours de la nuit ? *Oui, j'en ai bien l'impression*. Comme la veille, ils dansèrent, parlèrent et se délectèrent l'un de l'autre. Puis, sur un signe du prince, les musiciens firent une pause. Il prit alors Cendrillon par la main pour la conduire vers une terrasse à l'extérieur.

— Allons dans un endroit plus tranquille, lui murmura-t-il à l'oreille.

Le son de sa voix la traversait comme un courant électrique, et elle répondit d'un simple hochement de tête. Elle parvenait à peine à respirer et se sentait rougir. Deux serviteurs leur ouvrirent les grandes baies vitrées et ils sortirent dans la nuit. On les referma derrière eux, les coupant du reste de la fête et du monde. Personne ne viendrait les déranger là, c'était une certitude. Et comme le temps des danses était terminé, Cendrillon était bien aise de n'être pas avec les autres invités. Rose et sa mère ne s'attendaient certainement pas à la voir ici – et sûrement pas dans cette tenue –, mais en la regardant bien, elles finiraient par la reconnaître. Or, lorsque la musique s'était tue, tous les regards s'étaient braqués sur elle. Tous les convives étaient convaincus que le prince avait fait son choix.

Pendant qu'ils dansaient, de petits flocons de neige s'étaient mis à tomber, mais un vélum de soie protégeait la terrasse et des braseros avaient été allumés. Une douce chaleur régnait autour d'eux, mais Cendrillon avait la conviction que même s'il était tombé une averse glacée, elle n'aurait rien remarqué. Devant eux s'étendait la cité, véritable océan de ténèbres percé çà et là de quelques lueurs. La soirée était déjà bien avancée, et si au château on pensait encore à la musique et à la fête, les gens ordinaires savaient qu'une longue journée les attendait le lendemain. Debout devant la balustrade ceinturant la terrasse, Cendrillon se sentait loin, très loin de la ville tout au fond, enserrée dans sa gangue de crasse et de froid.

Elle leva les yeux vers l'homme sublime à ses côtés et sourit. Sans rien dire, le prince l'attira contre lui en passant un bras ferme autour de sa taille. De son autre main, il suivit le contour du visage de la jeune femme, pour descendre dans son cou. Ses doigts caressaient doucement sa peau. Le souffle de Cendrillon se fit plus court ; le désir lui donnait l'impression que des papillons déployaient leurs ailes au creux de son ventre. Chacune de ces caresses parfaitement contrôlées faisait courir un millier de frissons sur sa peau. La main du prince arriva enfin à la courbe de ses seins, remontés par le corsage. Presque inconsciemment, elle se cambra pour se frotter contre lui. Les doigts frôlèrent la peau et Cendrillon gémit. Le prince lui releva la tête et leurs yeux se trouvèrent. Il se pencha sur elle et vint alors l'heure de leur premier baiser. Sa bouche était chaude et douce. Tout d'abord, ses lèvres effleurèrent à peine celles de Cendrillon, puis leur baiser se fit plus appuyé lorsqu'elle y répondit. Les mains du prince explorèrent de nouveau son corps à travers le tissu. Elle aussi se mit à le toucher ; ses doigts descendirent le long de son torse, puis elle posa une main sur sa cuisse. Sous le tissu du pantalon, elle sentait le muscle ferme et fuselé. Incapable de s'arrêter, elle remonta un petit peu et sentit avec ravissement la chaleur qui émanait de lui. Le souffle du prince se fit court. Il l'embrassa plus fort et glissa une main sous sa robe ; Cendrillon pensa aux doigts de Bouton, fins et presque féminins, puis se demanda quel effet lui procureraient ceux du prince.

Elle entendit à peine le carillon retentir au loin, perdue dans les brumes de l'instant, fascinée par le feu d'artifice d'émotions qui explosait en elle et envoyait des bouquets d'intensité lumineuse dans tous les recoins de son corps. Même au plus fort de ses fantaisies, jamais elle n'avait ressenti une chose pareille. Elle brûlait de retirer ses vêtements, de sentir sa peau nue contre la sienne. Le désir devenait insupportable, elle avait désespérément envie de lui. Les mains du prince se battaient avec ses jupons, et elle les releva pour lui donner libre accès. Toutes ses chimères infantiles la quittèrent soudain pour céder la place à un appétit de femme, avide de goûter à toutes ces choses dont elle avait entendu Ivy – et les autres filles un peu plus délurées de la ville – parler.

—Il n'est que minuit, dit-il tandis que l'écho du premier son de cloche résonnait dans toute la ville. La nuit n'est pas finie. Nous pourrions aller quelque part et…

—Minuit ?

L'esprit encore tout embrumé, Cendrillon peinait à se concentrer. Néanmoins, ce mot parvint à se frayer un chemin à travers la langueur qui l'avait saisie.

—Il est vraiment minuit ?

—Oui, mais…

Elle se dégagea si subitement de son étreinte qu'il en fut tout surpris et laissa ses bras retomber. Le temps qu'il se ressaisisse et tente de la retenir, elle avait déjà atteint la porte. Il fallait à tout prix qu'elle soit partie d'ici à minuit, quand bien même chaque partie de son corps ne demandait qu'à rester blottie dans les bras du prince pour l'embrasser toute la nuit. L'expression glaciale du visage de sa fée marraine envahit son esprit. Oui, elle devait suivre à la lettre les instructions qui lui avaient été données.

— Je dois partir ! cria-t-elle par-dessus son épaule en ouvrant la porte à la volée, poussant le valet pour dégager le passage. Je suis désolée. Je dois partir.

Elle s'enivra une dernière fois de l'image de son visage sublime, avant de se retourner et de disparaître. Tandis qu'elle fendait la foule des danseurs, elle l'entendit s'élancer derrière elle. Avec un peu d'avance sur lui, elle atteignit l'autre côté de la grande salle et descendit le grand escalier vers la sortie. Elle aperçut le carrosse au bas du perron du château, prêt à partir, la porte ouverte. Ce rustre de cocher était déjà en place, rênes à la main.

— Vite ! cria-t-il.

— Attendez ! cria le prince encore plus fort, en dévalant les marches à sa suite. Je ne connais même pas votre nom !

Cendrillon accéléra encore pour se jeter, toute dignité oubliée, sur la banquette de velours ras, à l'instant même où l'attelage s'ébranlait à toute allure. Quand elle referma la porte, les chevaux étaient pratiquement au galop. Par la petite fenêtre arrière, elle vit le prince qui la regardait partir, une main tendue dans la nuit, comme si celle-ci avait eu le pouvoir d'arrêter la lourde voiture et de la ramener à lui. À cet instant, elle sentit l'air glacé de la nuit sur l'un de ses pieds. Intriguée, elle baissa les yeux, tandis que retentissait le douzième coup de minuit. Une de ses pantoufles enchantées avait disparu. Comment avait-elle bien pu la perdre ? Et à quel moment ? Elles lui allaient si parfaitement. *Que va dire ma fée marraine ?*

Celle-ci les attendait justement devant la maison. Lorsque Cendrillon descendit du carrosse, vêtue de sa robe élimée habituelle et les cheveux dénoués, la femme glaciale ne parut pas du tout s'inquiéter du sort de la pantoufle égarée.

— Oh, je suis certaine qu'elle trouvera le moyen de revenir toute seule, dit-elle avec un petit sourire, comme si elle savait quelque chose dont Cendrillon ignorait tout.

La jeune fille n'en fut pas d'ailleurs pas surprise. Elle avait la conviction que sa fée marraine comprenait un tas de choses qui lui échappaient totalement.

La nuit était froide et elle sentit soudain le poids de la fatigue – même si son cœur continuait de battre à tout rompre dans sa poitrine.

— Voilà, c'est fait. Tu as ton prince. Mais maintenant, n'oublie pas la promesse que tu m'as faite, dit la fée marraine. Fais ce que je t'ai demandé, sans quoi tout cela pourrait bien mal finir.

Cendrillon hocha la tête. Pourtant, elle se demandait bien comment la suite allait se dérouler, et de quelle façon elle se retrouverait de nouveau à l'intérieur du château. Le prince ne connaissait même pas son nom. La panique de Cendrillon avait été bien trop grande pour qu'elle pense seulement à le lui crier.

— Quand à toi, poursuivit la fée marraine en se tournant vers le cocher, n'oublie pas que l'aube ne tardera pas à arriver.

Un tourbillon de poussière d'étoiles les enveloppa, le carrosse et elle, et à peine avait-elle fini sa phrase qu'ils avaient disparu, ne laissant plus derrière eux que l'écho de ces paroles. Cendrillon frissonna, puis se tourna vers le cocher, l'œil noir et les sourcils froncés.

— Vous alliez partir sans moi.

— Je savais que vous alliez y arriver, répondit-il en s'adossant au mur. Avez-vous obtenu ce que vous vouliez ? Le véritable amour est-il au rendez-vous ?

— Et qu'est-ce que vous y connaissez, au véritable amour ?

— Je connais beaucoup de choses, répondit-il en se penchant sur elle pour repousser délicatement une mèche flamboyante derrière son oreille.

Cendrillon se rencogna contre la porte de la cuisine. Elle sentait la chaleur musquée qui émanait de lui. Tout son propre corps vibrait encore de son étreinte avec le prince. L'homme lui caressa les cheveux et elle frissonna malgré elle. Elle n'aurait su dire si c'était sous le coup de l'attirance ou de la répulsion.

— Je sais par exemple que vos cheveux sont plus beaux quand ils sont libres que prisonniers de leur coiffure, dit-il. Il en va ainsi de bien des choses. Je sais aussi que les princes ne sont que des hommes. Et pas les meilleurs, le plus souvent. Et je sais qu'un château n'offrira jamais à une fille comme vous ce que désire vraiment la femme qui se cache à l'intérieur.

— Vous ne savez rien du tout.

Pourquoi la mettait-il si mal à l'aise ? Pourquoi ressentait-elle cette gêne étrange ? Pourquoi ne la laissait-il pas tranquille ?

— Je sais que vous n'êtes pas une dame de la cour, poursuivit-il en souriant de ses dents blanches et régulières, qui se détachaient sur son visage tanné par le grand air. Et ce serait un gâchis monumental que vous en deveniez une.

— Le prince m'aime, dit-elle sur un ton de défi.

— Si vous le dites. Mais vous, est-ce que vous l'aimez ?

À tâtons, Cendrillon finit par trouver la poignée derrière elle et ouvrit la porte.

— Ça ne vous regarde pas.

Il était d'une telle arrogance. Et qui était-il d'abord ? Un laquais, rien de plus. D'un pas lourd, elle descendit la petite volée de marches menant à l'intérieur.

— Mais puisque vous voulez le savoir, oui, je crois que je l'aime ! répondit-elle, avant de refermer la porte, sans un regard en arrière.

5

AU SECOURS...

Au cours des deux journées qui suivirent, une tempête noire se déchaîna au-dessus de la ville. Un vent terrible venu de la montagne soufflait si fort que d'aucuns se mirent à murmurer qu'il s'agissait du feu fantôme des dragons défunts, depuis longtemps devenus froids au fond de leurs tombeaux. La neige accrochée au sommet des arbres de la forêt fut emportée et vint se déposer en masse dans les rues de la cité. Le tonnerre et les éclairs se livraient un âpre combat au milieu des nuages, posés si bas dans le ciel que les habitants assez courageux pour braver la tourmente affirmaient qu'il leur aurait suffi de tendre le bras pour les toucher. Les cieux n'étaient plus qu'une mer déchaînée. Les gens n'avaient plus rien d'autre à faire que se regrouper autour des feux pour attendre.

Toutefois, la furie des éléments déchaînés n'était rien en comparaison de l'atmosphère irrespirable qui s'était abattue sur la maison de Cendrillon. Comme tout le monde, Ivy avait appris l'étrange façon dont s'était conclu le second bal. Elle avait donc bravé le mauvais temps pour venir voir sa mère et sa sœur, mais son séjour s'avéra plus court que prévu. Cendrillon prit soin de rester à l'écart pendant que sa belle-mère fulminait contre sa fille aînée qui ne les avait guère aidées, avant de s'en prendre méchamment au physique ingrat de son vicomte de gendre. Ivy gifla sa mère et repartit. Après cela, un long et lourd silence tomba sur la maison. Fille et belle-fille ne quittaient plus leur chambre, de crainte d'être la prochaine victime des remarques venimeuses d'Esmée.

Et pour Rose, les choses étaient pires. À force de pleurs, la peau pâle de son visage était constellée de rougeurs. À chaque repas, Cendrillon et son père enduraient les piques et les railleries de la mère, et compatissaient à la douleur de la jeune fille. Par ailleurs, Esmée s'était mise à boire ; c'était soudain comme si une digue avait cédé en elle. En fin de compte, alors qu'elle était une fois de plus occupée à agonir sa fille de reproches pour avoir échoué et détruit tout espoir de renouer avec sa vie d'antan, le père de Cendrillon abattit violemment sa main sur la table et se leva.

— Esmée, si cette vie est si horrible, pourquoi donc l'as-tu choisie ? C'était l'amour qui comptait alors, non ? Tu ne m'aimes donc plus aujourd'hui ?

Rose et Cendrillon se recroquevillèrent sur leurs chaises. D'ordinaire, leurs parents ne se querellaient jamais. Ils n'avaient pas grand-chose en commun, mais jamais ils ne se disputaient.

— Ne sois pas ridicule, répondit Esmée en se tournant brusquement vers lui, répandant du vin sur la table. Ce n'est pas d'amour qu'il s'agit, mais de la vie ! Depuis qu'Ivy a épousé son idiot de vicomte…

— Ce n'est pas un idiot. Si tu avais pris le temps de parler avec lui…

— Si, c'est un imbécile. Il ne paraît même pas à la cour. Depuis que je suis retournée au château, je me souviens de ce qu'était ma vie alors…

— Mais tu détestais cette vie. Tu disais qu'elle était superficielle. C'est toi qui as fui tout ça, Esmée, tu l'as oublié ? Tu étais mariée à un homme que tu exécrais. Pendant cinq années, tu as couché avec ce vieux sagouin libidineux et tu as maudit chacune de ces nuits. Voilà ce que t'apportait cette vie !

Le feu de ce combat épargnait les deux jeunes femmes, mais Cendrillon aurait voulu pouvoir glisser jusqu'au sol pour quitter la pièce en rampant. Le pire pour elle était de penser que tout cela était sa faute. Elle s'accrochait à la petite parcelle de bonheur qu'avaient représentée pour elle ces soirées au château, mais elle comprenait également que le rêve qu'elle avait poursuivi de toutes ses forces allait avoir des conséquences sur tout son entourage.

— Oui, mais si Rose était parvenue à épouser le prince, alors j'aurais pu avoir le meilleur de cette vie. Et toi aussi. J'en ai assez de tous ces gens qui ricanent de nous – de moi. J'en ai assez d'être pauvre. J'en ai assez d'avoir froid. Tu ne comprends donc pas ?

— Si, je le comprends. Et je fais de mon mieux. Mais tu ne peux pas tout avoir dans la vie. Ce n'est pas comme ça que ça marche. Tu dois faire des choix et décider ce qui est important pour toi.

Subitement, le feu de sa colère s'éteignit. Le père de Cendrillon s'éloigna vers la porte.

— Ce que je ne comprends plus, dit-il, c'est toi.

Puis il quitta la pièce, ne laissant derrière lui que le silence.

Le lendemain matin, après avoir débarrassé la table du petit déjeuner, Rose et Cendrillon firent ensemble la vaisselle, dans le calme relatif de la cuisine au sous-sol.

— Tu ne fais plus attention à tes mains ? demanda Cendrillon à sa belle-sœur, qui était en train de récurer un plat à rôtir.

Rose rit d'un air désabusé.

— Je ne crois pas que la douceur de ma peau ait encore la moindre importance. Pour ma mère, en tout cas.

— Il y aura d'autres bals.

Cendrillon ressentait un étonnant élan d'affection pour sa belle-sœur. Rose avait toujours été pragmatique et intelligente. Avant ces événements, elle n'avait jamais été du genre à pleurer, à crier ou à devenir brutalement hystérique. Même quand elles étaient petites.

— Tu ne comprends pas, Cendrillon, dit Rose en poussant un soupir épuisé. Tu ne comprends jamais. Si le prince n'avait dansé qu'une seule fois avec moi, comme avec les autres filles, ou s'il ne m'avait pas invitée à danser du tout, cela n'aurait pas posé tant de problèmes. Maintenant, je suis celle qui ne s'est pas montrée à la hauteur. Je suis celle qui a été rejetée.

Elle reposa le plat pour s'appuyer sur le rebord de l'évier, comme si ses forces l'avaient abandonnée au point qu'elle ne pouvait plus tenir debout.

— Même après que cette autre fille a pris la fuite, le prince n'a plus voulu entendre parler de moi. Ma mère m'a obligée d'aller le voir pour lui parler. Il m'a congédiée d'un revers de main. Devant tout le monde. Comme si, d'un coup, je le dégoûtais.

Les larmes – qui n'étaient désormais jamais bien loin – lui montèrent aux yeux.

— Maintenant, poursuivit Rose, aucun noble n'acceptera jamais ne serait-ce que de s'approcher de moi. Je n'ai fait qu'empirer les choses. Tous ces efforts que ma mère a déployés pour m'apprêter pour ce bal... Tout ça pour rien, gémit Rose en reniflant. Elle doit faire face à tout ça en même temps, et j'ai l'impression qu'elle est en train de devenir un petit peu folle. En tout cas, moi, elle me rend folle.

Cendrillon détourna les yeux. Elle avait été si heureuse ce soir-là. Le prince et elle étaient faits l'un pour l'autre. Pour elle, c'était une évidence. Sitôt la porte de sa chambrette refermée, elle contemplait son portrait et revivait les instants éblouissants du bal – ses bras qui l'enserraient, ses baisers... Et elle rêvait qu'il venait la retrouver, exactement comme sa fée marraine l'avait promis, et que sa vie serait merveilleuse. Seulement, chaque fois qu'elle voyait Rose ou sa belle-mère, elle se sentait bien mal. Elle se demandait si elle ne devrait pas dire la vérité à sa belle-sœur – qu'elle était cette autre fille. Au fond, Rose serait peut-être soulagée : il leur serait possible de prévenir le prince, sa belle-mère pourrait mener la vie qu'elle voulait et tout rentrerait dans l'ordre.

— Écoute, Rose…, commença-t-elle.

La porte de derrière s'ouvrit soudain à la volée et l'interrompit. Bouton entra dans la pièce, poussé par une bourrasque de pluie et de vent glacés.

— Bien le bonsoir, princesse, dit-il. Désolé de ne pas avoir frappé, mais il fait vraiment un temps de chien dehors.

Il referma la porte derrière lui et se précipita vers la cuisinière, en tendant au passage à Rose le petit sac qu'il portait. Ensuite, il posa la paume de ses mains sur le métal bien chaud et frissonna.

— Vous devez être Rose, dit-il en souriant. J'ai beaucoup entendu parler de vous.

Rose regarda dans le sac, puis en tira un fromage rond, un jambon et deux miches de pain.

— Et vous devez être celui qui remplit notre réserve de charbon lorsqu'elle est vide, répondit-elle sur un ton plein d'ironie.

— Ça se pourrait bien que ce soit moi, je l'avoue.

Cendrillon n'osait pas regarder sa belle-sœur. Elle s'était imaginé que personne n'avait jamais rien remarqué des largesses de Bouton ; de toute évidence, elle aurait eu tort.

— Merci, Bouton.

— Mais je t'en prie, princesse.

Rose ne put retenir une grimace à ce mot. Malgré tout, elle tira une chaise pour leur visiteur et lui servit un café bien chaud.

— Vous ne devriez pas sortir par ce temps si vous n'y êtes pas obligé, dit-elle. Sans compter les ennuis dans lesquels vous pourriez vous retrouver. Je suppose que vous n'avez pas acheté cette nourriture.

— C'est plus fort que moi, il faut que je rende visite aux dames, répondit-il, avec un clin d'œil pour Rose et un sourire pour Cendrillon. De toute façon, cette nourriture-là ne manquera à personne. Ils en ont plus qu'il ne leur en faut, ajouta-t-il en s'asseyant. Je me suis dit que tu voudrais connaître les deniers potins du château, princesse. Tu ne t'en lasses jamais.

— Si c'est pour parler des bals des prétendantes, inutile de vous fatiguer, répliqua Rose en se hérissant. Nous savons déjà tout.

— Vous avez entendu parler de la chaussure ?

Le cœur de Cendrillon s'arrêta et, Rose fronça les sourcils.

— Quelle chaussure ?

— Celle que la fille a laissée derrière elle. Elle a été trouvée dans les escaliers pendant qu'on faisait le ménage après le bal. Apparemment, elle est magnifique. Entièrement en diamant, ou quelque chose comme ça. Une pantoufle de bal fine et délicate, dont le prince est persuadé qu'elle appartient à sa beauté mystère. Il en a l'esprit complètement chamboulé. C'est d'ailleurs assez amusant. Il broyait du noir comme un adolescent avant qu'on la trouve.

—Vraiment? s'enquit Cendrillon en contenant à grand-peine une furieuse envie de sourire.

Elle aurait même bien esquissé quelques pas de danse. *Il m'aime! Il éprouve la même chose que moi!*

—Toujours est-il, reprit Bouton, qu'il a chargé son serviteur de se rendre partout dans la cité pour faire essayer la pantoufle à toutes les jeunes femmes dont l'âge correspond à celui de la beauté mystère. Et lorsque la pantoufle aura trouvé sa propriétaire, le prince l'épousera.

—Mais c'est ridicule! s'exclama Rose. C'est une chaussure. Elle ira forcément à un tas de jeunes filles. Je suppose qu'on va plutôt chercher celle qui possède l'autre pantoufle.

—Je l'ai vue et, à dire vrai, c'est un modèle étonnant, expliqua Bouton. En tout cas, Sa séduisante Majesté veut celle à qui la pantoufle ira à la perfection.

—Et quand doivent commencer les recherches? demanda Cendrillon.

Elle faisait de son mieux pour ne pas trahir son excitation, mais elle avait envie de chanter. La pantoufle n'irait qu'à son pied et à lui seul, en dépit de l'objection tout à fait sensée de sa belle-sœur. Elle serait trop grande ou trop petite pour toutes les femmes de la cité, hormis elle-même. La chaussure magique s'arrangerait pour qu'il en soit ainsi. Cendrillon sentait un pétillement au creux de son ventre. La promesse de sa fée marraine allait devenir réalité.

— Demain. Mais même en s'y consacrant jour et nuit, arpenter toute la ville prendra des semaines.

— Pas forcément. On la trouvera peut-être tout de suite, dit Rose avec une étrange note d'espoir dans la voix.

Puis elle poussa un profond soupir et leva vers Cendrillon un visage désespéré.

— Si on pouvait éviter que cette histoire parvienne aux oreilles de ma mère…

Cendrillon acquiesça d'un hochement de tête. Après cela, l'ambiance resta un peu morose. Bouton se leva, sec et réchauffé, prêt à repartir. Rose lui donna une écharpe supplémentaire pour protéger son visage contre les assauts de la pluie et du vent. Il ouvrit la porte, sortit et les deux jeunes femmes agitèrent la main sur le seuil.

Un petit rat brun se faufila alors entre leurs pieds pour venir s'asseoir sur son arrière-train, tout frissonnant, presque sous la cuisinière. Rose attrapa le balai pour le chasser, mais Cendrillon l'arrêta.

— La pauvre petite chose va mourir si tu la mets dehors, avec ce temps. Laissons-la ici. Je la trouve mignonne, dit-elle en émiettant un petit morceau du fromage sur le sol. Allez viens, remontons. On ne peut pas rester cachées ici éternellement.

À l'heure du déjeuner, la belle-mère de Cendrillon avait déjà entendu parler de la pantoufle. Tout le monde en avait entendu parler. Dans une ville assiégée par les intempéries, les commérages semblaient circuler plus vite encore que le vent glacé. Une lueur fiévreuse s'était allumée dans sa prunelle, grandissant à mesure qu'elle recueillait tous les détails possibles sur cette fameuse chaussure. Elle avait même versé des sommes d'argent extravagantes au vu de leurs moyens aux serviteurs des maisons où l'on était déjà passé procéder à l'essai. Elle battait des mains, souriait toute seule et se mettait même à rire. Il y avait encore une chance pour Rose. Il y avait encore une chance pour elle.

— Mais ce n'est pas ma chaussure, dit Rose. Et il ne veut pas de moi.

C'était la protestation à la fois plaintive et dolente de celle qui sait que tout est déjà perdu.

— Il veut celle à qui ira cette pantoufle, contra Esmée. Si elle te va, c'est toi qu'il épousera.

Esmée examina longuement les pieds de Rose, pour en conclure qu'ils étaient trop larges pour la pantoufle. Elle les enveloppa donc dans des bandages tellement serrés que sa pauvre fille pouvait à peine marcher sans se mettre à crier. Le père de Cendrillon voulut s'opposer à un tel traitement, mais Rose affirma que ce n'était pas si douloureux et qu'elle pouvait bien supporter ça du moment que sa mère s'en trouvait satisfaire. Matin et soir, Esmée retirait les bandages et tentait d'introduire le pied martyrisé dans une chaussure censée être de la même taille que celle qui circulait dans toutes les maisons de la ville. L'information pouvait bien être la bonne – Esmée l'avait payée assez cher pour cela.

La chaussure n'alla jamais au pied de Rose. Ce n'était pas la longueur qui clochait, mais la largeur. Rose avait eu beau perdre du poids, ses pieds restaient larges. Au bout de cinq jours de ce traitement, la belle-mère de Cendrillon décréta qu'une action plus radicale s'imposait. Elle obligea sa fille à plonger ses pieds nus dans des baquets de glace pendant des heures, avant l'application des bandages.

Cendrillon n'aurait su dire au juste ce qui était le plus perturbant, les idées d'Esmée ou ses douces paroles de réconfort pendant qu'elle infligeait une telle souffrance à sa propre fille. Elle lui disait qu'elle l'aimait, qu'elle voulait lui offrir le meilleur. Et pendant tout ce temps, Rose pleurait et la tempête faisait rage au dehors. Cendrillon priait pour que le cortège princier se dépêche d'arriver jusqu'à chez eux. Il fallait que cette folie cesse.

La veille de ce fameux jour, l'orage cessa enfin. Le ciel se dégagea et le vent tomba, laissant la ville figée dans un calme glacé.

Et Rose craqua à son tour.

À l'étage, deux personnes d'âge mûr que le véritable amour avait un jour réunies se disputaient, mêlant cris et pleurs. Cendrillon entendit des mots tels que « ménopause » et « hormones », et ce fut à instant que sa belle-mère perdit les pédales, noyant son mari sous un torrent d'insultes, dont la plupart avaient trait à sa virilité et ses revenus. Cendrillon passa l'essentiel de cette période cantonnée dans sa chambre ; au demeurant, personne ne s'occupait d'elle. Une fois ses corvées de la journée expédiées, elle courait s'enfermer avec le portrait de l'élu de son cœur, puis fermait les yeux pour revivre la soirée du bal. Cependant, ce jour-là, même ses rêveries éveillées ne parvinrent pas à tenir à distance les bruits de la dispute. Il était plus de 22 heures lorsqu'elle se glissa hors de sa chambrette pour gagner la cuisine, où elle découvrit Rose.

Tout d'abord, elle ne comprit pas. Les bandages étaient répandus sur le sol. Les cheveux dénoués sur les épaules, Rose se tenait assise sur une chaise de bois, un genou ramené sous le menton. Elle sanglotait en marmottant des paroles incohérentes, totalement absorbée par Dieu savait quelle tâche. Cendrillon écarquilla les yeux. *Mais qu'est-ce qu'elle fait ?*

D'une main, Rose tenait son petit orteil, qu'elle tentait de découper de l'autre, à l'aide d'un petit couteau. Elle s'interrompit un instant et tendit une main couverte de sang vers la bouteille d'alcool posée sur la table. Après une longue rasade, elle la reposa sur la table ; c'est à cet instant qu'elle prit conscience de la présence de Cendrillon. Elle resta un long moment à la fixer d'un œil vide.

— Aide-moi, dit-elle finalement, d'une voix lourde, le visage maculé de sueur et de morve. Je n'arrive pas à le couper.

Les larmes arrivèrent d'un coup, et ses sanglots déchirants arrachèrent Cendrillon à sa torpeur. Elle se précipita pour prendre le couteau. Un sang épais coulait de la plaie. Elle sentit son estomac se retourner à la vue de l'os qui pointait. À toute vitesse, elle attrapa un saladier sur une étagère et courut dans la rue pour le remplir de neige glacée. Le froid lui brûlait les mains, mais elle ne sentait rien. Comment Rose avait-elle pu faire une chose pareille ? Comment ?

De retour dans la cuisine, elle plongea le pied de sa belle-sœur dans le récipient, et l'y maintint malgré les cris de douleur que poussa la jeune fille. Ensuite, pendant que Rose s'octroyait quelques nouvelles lampées d'alcool, elle recousit la peau avec mille précautions. Après avoir appliqué un baume médicinal, elle banda ensemble les deux petits orteils. Pendant toute cette opération, Cendrillon s'était sentie le cœur au bord des lèvres. Toute sa famille était en train de sombrer dans la folie. Elle sentait bien désormais au fond de son cœur qu'elle considérait sa belle-mère et sa belle-sœur comme de véritables parentes, même si elles n'étaient pas vraiment proches.

— Et voilà, dit doucement Cendrillon. Ça devrait guérir.

Le pied de Rose ne serait jamais très joli à voir, mais si tout allait bien, elle ne perdrait pas son orteil. Cendrillon était épuisée, Rose à bout de forces. Quel incroyable chaos.

— Nous devrions aller prévenir mon père, reprit Cendrillon. Tu as besoin de voir un médecin.

Le sol était maculé de taches écarlates. Cendrillon alla chercher la serpillière. Rose l'observait, l'œil vitreux.

— Ta mère n'est pas morte, tu sais, dit-elle en reniflant. Tu le sais, n'est-ce pas ? poursuivit-elle en s'essuyant le nez d'un revers de main.

Cendrillon se retourna d'un bloc, oubliant instantanément ses idées de ménage. Accrochée au manche du balai-brosse, elle luttait pour conserver l'équilibre. Le sol paraissait tanguer sous ses pieds.

— Quoi ?

— Elle n'est pas morte, répéta Rose. Elle est partie avec un marchand ambulant. Ils comptaient rallier la Montagne lointaine et y chercher des dragons. C'est ce qu'elle a raconté.

Elle s'arrêta un instant pour pousser un soupir.

— Mais c'était une ivrogne, reprit-elle. Elle racontait beaucoup de bêtises, lorsqu'elle n'était pas occupée à crier sur toi ou ton père.

— Tu mens.

Des images qu'elle aurait voulu ne jamais revoir surgirent dans son esprit. Une femme, cachée derrière une rampe, en train de rire de la plus désagréable des façons. Et de crier.

— Elle venait chez mon père et criait des choses insensées. Elle était terrible, ta mère. Terrible et méchante.

— Ce n'est pas vrai.

— Nous ne t'avons jamais rien dit parce que tu étais tellement petite. Nous étions tellement tristes pour toi, poursuivit Rose, les yeux pleins de larmes. Nous t'aimions beaucoup. Tu étais comme notre petite poupée, à Ivy et moi. Ma mère venait te chercher pour te lire des histoires, puis te caresser les cheveux jusqu'à ce que tu t'endormes.

Pourquoi crois-tu que tu tiennes tant à épouser un prince ? Qui t'a raconté toutes ces belles histoires sur la vie au palais ?

— Non. Non !

Le monde de Cendrillon s'écroulait, tandis que ses précieux souvenirs se délitaient sous les coups de boutoir des paroles de Rose.

— Ce n'était pas elle ! C'était ma mère à moi. Ma mère qui est morte.

— On aurait dû te le dire, dit Rose, les yeux dans le vague. Oui, on aurait vraiment dû. Si on l'avait fait, peut-être que tu ne te serais pas montrée si garce avec nous ensuite.

Cendrillon tourna les talons et s'enfuit. Sans se retourner.

6

ELLE A ENFIN TROUVÉ SON PIED !

En dépit d'un fond de l'air toujours glacial, le ciel était bleu et le soleil éclaboussait toute la cité lorsque le convoi princier s'engagea dans leur rue, escorté par une bruyante fanfare. Le père de Cendrillon refusa de quitter sa mansarde. Sombre et silencieuse, Esmée attendait à côté de sa fille, pendant que Cendrillon traînait discrètement dans la pièce, sous le prétexte d'entretenir le feu. Vêtue de sa plus belle robe, Rose avait pris place dans un fauteuil. Son visage était livide – son pied mutilé la mettait au supplice. Le regard de Cendrillon croisa celui de sa belle-sœur et elles échangèrent un petit sourire empreint de tristesse. Esmée ne regardait ni sa fille ni sa belle-fille ; Cendrillon avait le sentiment que c'était au-dessus de ses forces. Les cris dans la maison avaient cessé lorsqu'Esmée avait vu ce que Rose avait fait. Depuis, ses yeux profondément cernés de noir avaient perdu leur éclat de folie enfiévrée.

Lorsque les valets du prince entrèrent dans la pièce avec la pantoufle de diamant posée sur un coussin rouge, Cendrillon espéra, l'espace d'un instant, que le pied de Rose parvienne à s'y glisser, afin que cette page bien sombre puisse enfin être tournée. Ou, mieux encore, que cette chaussure n'aille ni à l'une ni à l'autre, et qu'elle passe son chemin.

— Sa Majesté le prince a décrété que celle dont le pied parviendra à se glisser dans cette pantoufle sera celle qu'il choisira pour épouse. Il est demandé à toutes les jeunes femmes du royaume de se livrer à l'essai.

Le visage creusé et les traits fatigués, l'homme débitait son laïus d'un ton mécanique.

— Mademoiselle, si vous voulez bien, dit-il en présentant le coussin pour déposer la pantoufle devant le pied de Rose.

Cette dernière émit un petit rire où sourdait la tristesse.

— Je me suis coupé le mauvais pied, dit-elle pour elle-même. C'est tout moi, ça !

— Mademoiselle ? insista le valet.

Dignement, Rose leva le pied droit pour tenter de le glisser à l'intérieur du réceptacle translucide. Son talon ressortait à l'arrière de plus d'un centimètre ; impossible de s'y enfoncer davantage. Cendrillon se dit qu'elle n'y mettait pas beaucoup du sien, mais elle ne pouvait pas lui en vouloir.

— Bien, je crois que la démonstration est faite, dit Esmée. Merci.

Après ses crises d'hystérie des deux semaines précédentes, sa voix était toute à la fois monocorde et parfaitement posée.

Le valet vint ensuite présenter la pantoufle à Cendrillon.

— Mademoiselle, si vous voulez bien…

Le cœur de Cendrillon s'emballa soudain, sans qu'elle n'y puisse rien.

— Elle n'est pas allée au bal, intervint sa belle-mère. Ne vous préoccupez pas d'elle.

— Toutes les jeunes femmes du royaume, répliqua le valet avec un pauvre sourire épuisé. Autrement, on m'ordonnera de tout recommencer.

Avec mille précautions, Cendrillon leva le pied au-dessus de la pantoufle de diamant, dont elle sentait déjà l'étrange chaleur se diffuser en elle. À peine son pied entra-t-il en contact avec l'intérieur de la chaussure que celle-ci s'adapta instantanément à lui, l'enveloppant parfaitement comme si on l'avait moulée dessus.

Il y eut un long moment de silence, le temps que chacun prenne la pleine mesure de ce qui était en train de se passer.

— Elle lui va ! s'exclama le valet, bouche bée. Elle a enfin trouvé son pied !

— Mais ce n'est pas possible ! intervint Esmée, incrédule, le regard rivé sur sa belle-fille. Comment as-tu… Comment… Pourquoi n'as-tu rien dit ?

— Toi, dit Rose d'une voix blanche en se mettant péniblement debout. Depuis le début, c'était toi.

Cette fois-ci, ce fut au tour de Cendrillon de fuir leurs regards. Son cœur battait la chamade, mais la honte lui tordait le ventre. Malgré tout, elle parvint à redresser fièrement le menton. Elle allait faire en sorte que chacun ait une vie meilleure. Tout le monde finirait par le comprendre. *Oui, ils vont comprendre.*

* * *

En fait, elle n'eut guère le temps de s'expliquer. Dès que le valet fut sorti avec la pantoufle pour annoncer aux gardes que la fille avait été trouvée, une cohorte d'hommes investit la maison pour emballer les affaires de Cendrillon et les emporter au palais, dans ses nouveaux appartements. Tous les scrupules d'Esmée s'envolèrent dès qu'elle prit conscience que ses rêves allaient finalement se réaliser. Elle pinça gentiment la joue de sa belle-fille, lui déposa un baiser sur le front, puis affirma qu'elle avait toujours été la plus belle.

— Mais bien sûr… Comment ai-je pu ne pas reconnaître cette somptueuse chevelure rousse quand je l'ai aperçue au bal ?

Cendrillon eut envie de lui répondre que depuis le mariage d'Ivy, Rose avait été l'unique objet de ses attentions, mais elle se dit en fin de compte que le silence était sans doute sa meilleure option. Esmée partit donner ses directives aux valets qui s'activaient à démanteler l'ancienne vie de Cendrillon à une vitesse presque effrayante. À peine une heure plus tard, plusieurs tailleurs vinrent présenter des robes à Cendrillon, ainsi que des costumes pour son père. Leurs anciens vêtements ne conviendraient pas à la vie de château.

Une fois que ces spécialistes eurent longuement chouchouté celle qui était désormais la promise du prince, en l'habillant d'une robe argent bordée d'hermine, presque de la même teinte que celle qu'elle avait portée au bal, Cendrillon prit plusieurs autres robes sous le bras pour les monter à l'étage. La gorge nouée, elle frappa à la porte de sa belle-sœur, puis entra. Assise au bord de son lit, Rose contemplait les livres et les vieux jouets dont elle n'avait jamais réussi à se séparer.

— Je t'ai apporté quelques robes, dit Cendrillon. Elles sont magnifiques.

Rose se tourna vers elle.

— Pourquoi n'as-tu rien dit ? demanda-t-elle sans un regard pour les vêtements.

Mal à l'aise et ne sachant trop qu'en faire, Cendrillon les déposa sur le lit.

— Elles sont toutes pour toi. J'ai pris les plus belles.

— Tu as bien dû rire de moi pendant tout ce temps.

Les mots virent se ficher comme des épingles dans le cœur de Cendrillon.

— Non ! Non, je n'ai jamais ri de toi ! Simplement, je ne savais pas comment t'annoncer... Je ne savais pas quoi dire... Je suis tellement désolée.

Les larmes lui piquaient les yeux.

— Qu'est-ce que je t'ai fait ? Tu es ma petite sœur. J'ai toujours pris soin de toi.

— Rose... Je...

— Laisse-moi. Je mettrai l'une de tes robes. Je ne voudrais pas te mettre dans l'embarras en présence de ton prince.

— Je me fiche du...

Cendrillon se tut. Non, elle ne se fichait pas du prince. Elle voulait que sa famille soit la plus élégante possible lorsqu'elle se présenterait au château. Elle voulait vivre au palais et épouser l'homme dont toutes les femmes rêvaient. C'était plus fort qu'elle.

Rose sourit tristement.

— Du moment que tu obtiens ce que tu veux, hein, Cendrillon ? Je suppose que c'est la seule chose qui compte.

Les joues brûlantes, Cendrillon sortit de la pièce et referma derrière elle. Un vent froid s'engouffrait par la porte d'entrée laissée grande ouverte et remontait l'escalier. En bas, une colonne de valets emportait les horloges, les chaises et la vaisselle de porcelaine qu'Esmée estimait dignes de l'être. En se penchant par-dessus la rampe, Cendrillon vit que sa belle-mère semblait ne pas vouloir se séparer de la plupart de leurs affaires, qui étaient pourtant bien ordinaires. Pourquoi ne pas les laisser chez eux ? Ils auraient bien mieux à leur disposition, au palais. Inévitablement, leurs babioles et leur camelote allaient détonner.

— Tu me déçois énormément.

La voix fit sursauter Cendrillon. Elle se tourna d'un bloc pour se retrouver face à son père, debout sur la première marche du petit escalier qui menait aux combles.

—Mais nous allons vivre au château maintenant, dit-elle.

Cela sonnait comme une bien piètre excuse, et c'en était une. Ce n'était pas de cela que parlait son père – et elle le savait.

—Je pourrais presque te pardonner de nous avoir dupés. Faire le mur pour aller au bal – et d'ailleurs, je me demande bien comment tu as fait, même si je ne suis pas sûr de vouloir le savoir – était certes une erreur, mais je sais à quel point tu rêvais d'y aller. En revanche, ton comportement… Comment as-tu pu assister à tout ce que Rose et ta belle-mère ont traversé ces dernières semaines…

—Elle est devenue folle ! s'exclama Cendrillon. Je n'y suis pour rien.

—Ta belle-mère… et bien, elle traverse une période que toutes les femmes connaissent un jour. C'est difficile. Et les temps sont durs aussi depuis que le journal a fermé et que mon travail est moins régulier. Ta belle-mère veut le meilleur pour nous tous. Et s'il y a bien quelqu'un capable de nous apporter cela, c'est elle. Nous en avons parlé ensemble. Elle pense qu'à la cour nous serons en mesure de faire redémarrer le journal. Nous pourrions améliorer les choses pour un tas de gens.

Il se tut un instant pour regarder sa fille.

— Mais ton comportement à l'égard de ta sœur et de nous tous, reprit-il, n'est rien d'autre qu'une manifestation d'égoïsme. Peut-être sommes-nous responsables de tout cela. Nous t'avons toujours gâtée. Tu étais la petite chouchoute de toute la famille.

Gâtée ? Moi ? Cendrillon n'en croyait pas ses oreilles.

— Je ne pensais pas dire ça un jour, poursuivit son père en faisant demi-tour dans l'escalier, mais tu me rappelles ta mère.

En elle, le choc et la stupéfaction se muèrent soudain en colère. Debout sur le palier, toute seule, elle bouillait intérieurement. Où donc était la gratitude ? Elle venait ni plus ni moins de changer radicalement leurs vies ! Et personne ne lui en savait gré. Elle était tombée amoureuse et allait épouser l'homme de ses rêves. Son père ne pouvait-il pas au moins se réjouir pour elle ? Elle entra comme une furie dans sa chambre et claqua la porte. Et tant pis si cela la faisait passer pour une gamine ou même pour une enfant gâtée.

Sa mauvaise humeur s'envola dès l'instant où elle prit place dans le carrosse doré que le prince avait envoyé pour elle. Un autre de couleur argent le suivait, dans lequel sa famille prit place. Tous les habitants de la rue étaient sortis pour assister au départ. Cendrillon avait au moins une certitude : sa belle-mère devait déborder de fierté. Sa respectabilité était intégralement restaurée – et de quelle manière –, et tout le mérite en revenait à Cendrillon. Elle se laissa aller sur les luxueux coussins de fourrure et regarda par la fenêtre les gens ordinaires qui sortaient en hâte de leur maison pour la voir passer dans la somptueuse voiture fermée. C'était exactement la distraction dont elle avait besoin pour ne pas penser aux pantoufles de diamant et à la magie qui lui avait permis d'attirer l'attention du prince. *Même sans elles, il serait tombé amoureux de moi.* Elle en était certaine. Il aurait suffi qu'il apprenne à la connaître.

Le prince l'attendait sur les marches du grand escalier. Des courtisans en perruques se tenaient de part et d'autre du tapis rouge déroulé pour l'occasion. Quand elle descendit de son carrosse, la foule massée dans la rue et aux balcons pour l'apercevoir se mit à crier sa joie. Cendrillon entendit à peine les vivats. Si les stigmates de la terrible tempête étaient visibles partout dans la cité, le palais avait quant à lui retrouvé tout son lustre. Le marbre blanc rutilait et le soleil d'hiver se reflétait dans toutes les fenêtres, tout cela le transformant réellement en un château de lumière. Il était aussi glorieux en plein jour que dans l'écrin de la nuit. Et, tandis qu'elle s'inclinait pour une profonde révérence, Cendrillon se dit qu'il en allait de même pour le prince. Elle lui sourit – et il lui rendit son sourire, mais il y avait comme une petite note de méfiance sur ses traits. Il claqua des doigts et un serviteur s'approcha en hâte, avec le coussin sur lequel reposait la pantoufle.

Glissant son pied dedans, Cendrillon leva élégamment la jambe pour qu'il puisse voir combien la chaussure lui allait. Alors seulement, le sourire du prince s'épanouit pleinement.

— Ma chérie, dit-il en se penchant pour l'embrasser, je suis si heureux de vous avoir retrouvée.

Le prince releva la tête pour regarder la foule. Les courtisans laissèrent éclater leur joie. Elle lui prit le bras et il la conduisit à l'intérieur.

Les appartements alloués à sa famille étaient magnifiques. À lui seul, le salon était plus vaste qu'un étage entier de leur ancienne maison – désormais fermée et déjà oubliée. Les fenêtres, hautes pratiquement du sol au plafond, étaient encadrées de lourds rideaux d'or et d'argent.

Des serviteurs s'agitaient en tous sens pour établir la liste de leurs moindres désirs. Esmée demanda qu'un secrétaire et un fauteuil soient installés devant la fenêtre, avec vue sur la ville, pour que son époux puisse y finir son roman et écrire ses articles. Cendrillon vit son père sourire à sa femme, et à cet instant, elle comprit combien il l'aimait. Il ne se plaindrait pas de cette nouvelle vie, si tout cela rendait Esmée de nouveau heureuse.

La chambre de Rose était à côté de celle de Cendrillon. Une porte reliait leurs boudoirs respectifs. *Va-t-on l'utiliser ? À dire vrai, j'en doute.* Pour commencer, elle n'allait pas rester longtemps dans cette chambre. Bientôt, elle serait mariée et passerait ses nuits dans le lit du prince. Elle se souvint ce qu'avaient fait naître en elle les baisers du futur souverain le soir du bal et elle se demanda si elle aurait la force d'attendre d'avoir convolé. *Et si je n'y arrivais pas, serait-ce vraiment grave ?* Le monde lui appartenait. D'ailleurs, Rose elle-même ne resterait sans doute pas éternellement dans sa chambre. À présent, elle allait devenir une proie de choix pour les jeunes nobles. Cendrillon était d'ailleurs bien déterminée à tout faire pour lui trouver un beau parti – ne serait-ce que pour museler l'insistant sentiment de culpabilité dont elle ne parvenait pas à se débarrasser.

Le médecin royal vint voir Rose ce soir-là, avant le dîner, pour examiner son pied. Les caméristes de Cendrillon étaient en train de la préparer lorsque le docteur repartit, mais la future princesse crut bien entendre des pleurs dans la chambre voisine. Elle congédia les deux filles – savourant ce tout nouveau pouvoir dont elle jouissait désormais –, puis entrouvrit discrètement la porte de communication pour entendre ce qui se disait.

— Ce n'est pas grave, mère, disait Rose. Cela n'aura pas d'autre conséquence qu'une légère claudication.

— Mais tu vas devoir marcher avec une canne pour le reste de tes jours, répondit Esmée en sanglotant, un bras passé autour des épaules de sa fille. Je suis désolée. C'était une folie. Tout est ma faute.

— La beauté n'a jamais été mon point fort. Et puis, ce n'est pas toi qui as essayé me découper mon petit doigt de pied. J'ai fait ça toute seule.

— À cause de moi.

— Ce qui est fait est fait, répondit Rose en embrassant sa mère sur la joue. Je t'aime. Et maintenant, laisse-moi me préparer pour le dîner. Nous allons montrer à tous les membres de la famille royale que nous pouvons être aussi forts qu'eux à ce petit jeu.

Cendrillon referma la porte et s'y adossa. Elle se sentait un peu nauséeuse. Comment avait-elle pu provoquer tant de malheurs autour d'elle simplement en courant après son propre bonheur ? *Les choses vont s'améliorer. Oui, tout ira mieux.* Elle s'allongea sur le lit, en veillant à ne pas déranger sa coiffure tout juste réalisée, puis attendit l'annonce du dîner. Elle repoussa toutes les tristes pensées qui lui encombraient l'esprit pour se concentrer sur la joie que lui avaient procurée les valses dans les bras du prince. Elle s'efforça de ne pas songer au regard que ce même prince posait sur Rose avant qu'elle ne croise son chemin ce soir-là, chaussée de ses pantoufles enchantées. Elle sentit quelque chose s'installer au creux de son ventre – une chose désagréable et sombre qui lui donnait l'impression d'être une voleuse.

Le roi était un gros bonhomme bourru, dont la tête couronnée était ornée d'une masse de cheveux blancs. Sa tunique était passablement ajustée sur un corps qui avait dû être massif et musculeux, mais qui virait à présent à l'adipeux, à mesure que les masses naguère positionnées sur ses épaules et son torse descendaient vers sa taille. Néanmoins, son œil restait vif. Pendant qu'on servait le champagne, avant de passer à table, le prince avait fait les présentations. Faisant de son mieux pour se souvenir de ce qu'elle avait entendu à la volée pendant que Rose recevait ses leçons, Cendrillon avait complimenté le monarque sur la beauté de son château et répondu de son mieux aux questions. Cependant, les épaisses touffes de poil qui dépassaient des oreilles et du nez du souverain l'avaient quelque peu distraite – et ses connaissances en arts et en musique n'étaient pas sans lacunes.

Ils dînèrent en l'absence de la reine – apparemment souffrante. Les cliquetis des couverts d'argent sur la porcelaine tendre des assiettes résonnaient dans la vaste salle à manger. Cendrillon était assise en face du prince, tandis que Rose et Esmée avaient pris place de part et d'autre du roi. Ivy et son vicomte, ainsi que le père de Cendrillon, complétaient la tablée. Tous les convives s'évertuaient à entretenir la conversation, une manière de ménager une certaine intimité aux jeunes fiancés. Le prince souriait fréquemment à Cendrillon, mais leurs échanges restaient quelque peu guindés, comme si la passion qu'ils avaient éprouvée l'un pour l'autre deux semaines plus tôt avait laissé place à un certain malaise. Cendrillon se surprit à prendre bien souvent quelques gorgées de vin pour se détendre.

En revanche, Rose n'éprouvait pas la moindre difficulté à discuter avec le roi.

—Je crois qu'on en est à quinze enfants maintenant, disait-elle. C'est terrible. Et ce sont tous des enfants d'artisans ou de petits commerçants qui n'ont pas les moyens d'acheter du bois ou du charbon aux marchands pour se chauffer. Ils vont donc chercher du combustible dans la forêt pendant que leurs parents travaillent.

— Et on ne retrouve aucun corps ? Ne pourrait-il simplement s'agir d'attaques de loups affamés ?

— Qui sait, Majesté ? Mais je suis certaine que la population se sentirait bien plus rassurée si vous déployiez des soldats dans la forêt pour la protéger.

— Hmm, dit le roi en hochant la tête.

— En fait, reprit Rose, si les soldats de Votre Majesté ramassaient du bois pour le donner aux enfants, ce serait assurément un gage de l'immense affection que Votre Majesté nourrit de toute évidence pour son petit peuple.

Elle but une gorgée de vin.

— Une preuve aussi manifeste de votre bienveillance contribuerait certainement à faciliter la collecte des taxes et des impôts, conclut-elle d'une voix douce, comme si elle avait énoncé pour elle-même une pensée venue après coup.

Le roi interrompit à mi-parcours la course de sa fourchette dûment lestée vers sa bouche.

— J'adore mon peuple ! s'exclama-t-il. Vous avez parfaitement raison. Et il y a toujours des soldats qui n'ont rien à faire, ajouta-t-il en se tournant vers le prince. Tu étais au courant de ces histoires de disparitions d'enfants ?

— Ça me dit vaguement quelque chose, répondit-il avec un haussement d'épaules.

De toute évidence, c'était le cadet de ses soucis. Cendrillon songea au fils du boulanger avec sa bonne bouille et son grand sourire, et elle se sentit soudain fière de sa belle-sœur.

— Pourquoi est-ce que je n'en ai pas entendu parler ? demanda le roi, les sourcils froncés. Il n'y a pas si longtemps, il y avait un journal qui donnait les nouvelles. Pourquoi ne l'a-t-on plus ?

— Il a été fermé, Majesté, répondit Esmée. Je crois que certains de vos conseillers estimaient qu'il représentait un trop grand risque : des exemplaires auraient pu parvenir à vos ennemis et les renseigner sur les rouages internes du royaume.

— Les conseillers…, grogna le roi. Ils n'ont pas peur de faire du zèle.

— Mon Henry était le rédacteur en chef de cette publication, dit Esmée en posant une main sur celle de son mari. Je suis certaine qu'il pourrait contribuer à la relancer si tel était votre désir, Majesté. Le compte-rendu écrit de l'information telle qu'elle est perçue dans la rue est infiniment préférable à ce que peut raconter, par exemple, un conseiller un peu trop protecteur.

Le roi hocha la tête.

— Vous avez sans doute raison, dit-il en observant Esmée, un sourire aux lèvres. Je me souviens de votre premier mariage, vous savez. Le comte était très âgé, n'est-ce pas ?

— Mais c'était un brave homme, répondit la belle-mère de Cendrillon.

— Un vrai casse-pieds, oui, d'après ce que j'ai entendu, dit le roi en tapotant la main d'Esmée. Vous étiez trop jeune. Vos actes sont pardonnés.

Esmée sourit – et son époux avec elle. L'amour qui les unissait resplendissait autour d'eux, faisant venir dans le sourire du monarque une chaleur amicale qui était plus que de la simple affection pour des sujets. Cendrillon regarda son prince et sourit, espérant voir sur ses traits la même flamme, mais le prince et elle n'avaient pas encore partagé des années de bienveillance et de doux sentiments. *En fait*, songea-t-elle, *on ne se connaît même pas.* À l'intérieur de ses chaussures, charmantes mais dénuées de magie, Cendrillon sentit ses pieds devenir glacés.

Une fois le dîner fini, le roi congédia tout le monde, arguant que chacun devait être épuisé après le déménagement, et que Cendrillon devait veiller à avoir son content de sommeil réparateur en prévision des préparatifs du mariage – qui allaient débuter dès le lendemain. En revanche, il invita d'un signe le prince à l'accompagner pour un dernier verre.

Cendrillon ne regagna pas ses appartements. Elle se laissa distancer par sa famille qui descendait dans la cour faire ses adieux à Ivy et son vicomte, puis s'attarda quelques minutes dans le couloir. Ensuite, elle retira ses chaussures et retourna sur la pointe des pieds vers le salon, en silence. La porte en était entrouverte ; elle plaqua son visage contre le panneau, un œil collé à l'ouverture. Dans l'âtre, un feu immense brûlait, avec plus de charbon qu'il n'en aurait fallu pour chauffer leur petite maison pendant un mois. Elle entendit les deux hommes se servir un verre, puis les craquements du cuir lorsque le roi prit place dans un fauteuil. Elle n'apercevait aucun des deux interlocuteurs, mais le son de leurs voix parvenait jusqu'à elle.

— J'espérais que tes récentes aventures t'avaient mis un peu de plomb dans la tête, disait le roi. Apparemment, ce n'est pas le cas. Pourquoi diable as-tu pris une décision pareille ? Quelques valses et tu as la trique au point de vouloir épouser la petite ?

— Si cela vous dérange à ce point, père, nous pouvons toujours annuler le mariage.

La voix du prince était glaciale. Cendrillon sentit son cœur tomber comme une pierre dans sa poitrine. Il allait se battre pour elle. Il ne pouvait en être autrement. *Il m'aime, n'est-ce pas ?* Il n'avait pas déclenché toutes ces recherches pour la renvoyer l'instant d'après. Quelle humiliation ce serait ! Des larmes brûlantes lui piquèrent les yeux. La gorge serrée, elle lutta pour les contenir.

— Après tout ce battage autour de cette chaussure ? Tout le royaume te prendrait pour un fou qui ne tient pas parole, répondit le roi dans un grognement. Non, il faut jouer cette comédie jusqu'au bout. C'est une belle petite poupée. Elle te donnera des héritiers, j'en suis sûr, poursuivit-il avec un soupir. Mais l'autre aurait été un choix infiniment plus judicieux. Pour commencer, elle est noble. Et puis elle a une tête dont elle sait se servir. Elle me rappelle ta mère.

— Cendrillon est plus jolie, répliqua le prince, sur un ton qui manquait tout de même de conviction.

Depuis son poste d'observation, Cendrillon était bien incapable de dire s'il la défendait elle, ou s'il plaidait pour lui-même.

— Écouter aux portes dès le début de votre relation… Belle preuve de confiance.

Une main apparut soudain dans le champ de vision Cendrillon et referma le battant. Elle sursauta violemment, affolée. Le cocher, le serviteur de sa fée marraine, se tenait nonchalamment appuyé au mur. Il souriait, mais Cendrillon était certaine qu'il se moquait d'elle.

— Je n'aurais pas cru ça de vous.

— Je voulais juste… je…, bafouilla-t-elle, incapable de finir sa phrase. De toute façon, ça ne vous regarde pas. Et d'abord, comment êtes-vous entré dans le château ?

— Vous ne me croiriez pas si je vous le disais.

Même dans l'obscurité du couloir, elle voyait son œil pétiller.

— Alors, poursuivit-il en croisant les bras sur son torse, comment se porte le véritable amour ?

Elle tourna les talons et commença à s'éloigner sans répondre. Elle n'avait vraiment pas de temps à perdre pour ça. *Qu'est-ce qu'il y connaît ?* À l'extrémité du couloir, elle passa le coin et se retourna, certaine qu'il était resté à côté de la porte. Elle sursauta de nouveau en constatant qu'il était juste derrière elle.

— Vous n'êtes pas la seule à savoir marcher en silence, vous savez.

Il était si près qu'elle distinguait la rugosité de sa peau tannée. Une fois encore, elle fut surprise de cette différence avec le visage pâle et lisse du prince. Il ne devait guère être plus âgé qu'elle, pourtant des rides lui marquaient la commissure des lèvres. *Est-ce son sourire qui les a creusées ?* Ses cheveux bruns lui tombaient un peu sur un œil. Sans même les toucher, Cendrillon sut qu'ils devaient être doux comme de la soie – contrairement au vieux cuir de sa peau tannée. Elle sentait même son odeur, chaude et musquée, évocatrice de clairières et de forêts.

—Que voulez-vous ? demanda-t-elle d'un ton glacial en se tenant bien droite.

Elle n'allait sûrement pas se laisser intimider par lui. Les mots du roi résonnaient encore à ses oreilles. *« C'est une belle petite poupée. »* Ils lui faisaient mal et elle ne savait pas pourquoi.

—Je suis venu vous rappeler votre promesse de fouiller le château.

—Je n'ai pas oublié, répliqua Cendrillon en relevant le menton.

Oh, comme il était agaçant. Sa manière de parler. Son attitude si confiante. Il agaçait énormément Cendrillon.

—Je n'ai pas besoin qu'un laquais vienne me le rappeler, ajouta-t-elle.

—Parfait, dit-il en faisant demi-tour pour s'en aller. Je vous attendrai à la porte de derrière, au bout des cuisines, à trois heures du matin la nuit prochaine. Ne soyez pas en retard.

Il ne se retourna pas une seule fois.

Cendrillon se glissa dans sa chambre. Allongée dans son lit, elle contempla le plafond. C'était la couche la plus douillette dans lequel il lui avait jamais été donné de dormir, pourtant, elle ne parvenait pas à fermer l'œil.

Lorsqu'elle sombra enfin, ses rêves furent peuplés de cauchemars dans lesquels elle courait sans fin dans le château, incapable de trouver la sortie.

7

IL ÉTAIT TELLEMENT… TELLEMENT BEAU…

Au cours des quelques jours qui suivirent, les choses semblèrent s'améliorer. Le prince commença à la courtiser dans les règles et, entre deux séances d'essayage et autres préparatifs du mariage, il allait se promener avec elle dans les labyrinthes végétaux du jardin, si merveilleux – même dans le froid glacial – qu'elle en avait le souffle presque coupé. Ils apprirent à se connaître ; elle lui racontait des histoires de son enfance, tandis qu'il la régalait du récit de ses aventures à l'étranger. Elle le regardait, les yeux écarquillés, et elle devait se pincer parfois pour parvenir à croire que c'était bien elle à son bras, et qu'ils allaient se marier.

Il l'embrassait très souvent et ses lèvres étaient douces. Pour autant, Cendrillon brûlait de retrouver l'incroyable passion qu'ils avaient partagée lors du bal. En dehors de ces promenades, le plus clair de son temps était consacré à l'apprentissage de tout ce qu'était censée connaître une jeune fiancée sur le point d'entrer dans la famille royale – marcher, s'asseoir, adresser la parole à des dignitaires, donner des ordres aux serviteurs, danser. Et durant tout ce temps, on ne cessait de déplorer le fait qu'elle ne soit pas d'extraction noble. Très souvent, l'envie de pleurer la prenait, et c'était Rose qui venait la consoler. Cendrillon ne s'en sentait que plus mal, compte tenu de sa conduite égoïste dans ce qui lui paraissait désormais avoir été une autre vie. Son père travaillait d'arrache-pied à la fondation d'un nouveau journal, avec l'aide de son épouse. Lorsque les deux jeunes femmes les voyaient ensemble, si pleins de fougue et d'enthousiasme, le sentiment de vide que Cendrillon éprouvait grandissait un peu plus.

Par ailleurs, ses explorations nocturnes l'épuisaient. Le château avait beau ne pas être aussi vaste qu'elle l'avait imaginé, elle se rendait compte qu'il lui faudrait plusieurs semaines pour en explorer toutes les pièces. Généralement, elle ne parvenait pas à s'éclipser du dîner avant 23 heures ; ensuite, il lui fallait encore faire sembler d'aller se coucher, avant de ressortir plus tard en cachette. Le grand nombre de gens qui vivaient au palais était un autre motif de stupéfaction. Elle se déplaçait comme une ombre dans les couloirs, mais il n'était en effet pas rare qu'elle doive se cacher derrière une tenture ou plonger sous une table pour éviter de croiser des serviteurs ou des gardes en patrouille. Mais le plus étonnant pour elle, ce fut encore de constater que sa mission secrète était ô combien excitante, bien plus en tout cas que sa nouvelle vie de princesse – et en particulier quand elle était sur le point de se faire prendre. Quand cela se produisait, elle arrivait à la petite porte des cuisines les joues rouges et les yeux si brillants que le chasseur éclatait de rire – une cascade sonore, brute et rugueuse, à laquelle elle ne pouvait s'empêcher de se joindre de bon cœur.

Une nuit, ses recherches la menèrent aux appartements du prince. L'après-midi même, ils avaient fait une partie d'échecs, qu'elle avait remportée. Il l'avait regardée les yeux ronds, comme si derrière la « belle petite poupée », il voyait enfin la vraie femme – la femme qu'elle était en train de devenir. Elle avait senti son cœur se gonfler d'espoir à la pensée qu'il puisse peut-être l'aimer, après tout.

Pieds nus sur le sol froid devant la porte de son futur époux, Cendrillon ne put s'empêcher de l'entrouvrir pour jeter un coup d'œil à l'intérieur. Elle ne voulait pas le réveiller, mais seulement le voir dormir et s'imaginer à ses côtés dans le lit, leurs corps nus entremêlés comme ils l'avaient déjà si souvent été dans ses rêveries.

La chambre était vide et le lit absolument pas défait. Tétanisée, elle resta un long moment à le fixer. Le froid sous ses pieds n'était plus rien en comparaison de celui qui envahissait son cœur. *Où est-il ?* Il était presque trois heures du matin, et il avait dit au dîner qu'il était fatigué.

Lentement, elle referma la porte. Elle fit de son mieux pour ne pas penser à la seule explication probable, sans grand succès. *Il est quelque part dans le château avec une autre femme.* Cendrillon se sentit sur le point d'être malade. Soudain, elle eut envie de retrouver sa petite chambrette avec, à côté de son lit, le portrait de son prince qu'elle pouvait contempler et imaginer parfait. *Quelle idiote. Quelle petite fille idiote je suis.* Elle fit demi-tour et partit en courant, le cœur un peu plus en miettes encore.

— Je n'ai toujours rien trouvé, aboya-t-elle à l'intention du laquais de sa fée marraine, qui l'attendait près de la petite porte de la cuisine. Mais ça m'aiderait sans doute grandement d'au moins savoir ce que je cherche.

— Faites-moi confiance, répondit-il. Vous le saurez quand vous l'aurez trouvé.

— Vous faire confiance ? Je ne vous connais même pas.

Elle mesurait la dureté de ses paroles, mais c'était plus fort qu'elle. Son âme était déchirée. Le prince était dans le lit d'une autre. Il n'avait même pas essayé de venir dans le sien, en dépit de ce qu'il y avait eu entre eux le soir du second bal. Cendrillon repensa à sa fée marraine. *Qu'a-t-elle dit déjà ? Qu'elle ferait en sorte que j'attrape mon prince, mais qu'au-delà elle ne pouvait rien me garantir. De quelle arrogance j'ai fait preuve en pensant que l'amour ne serait pas un problème !* Ses pensées allèrent alors à la troisième noix, qu'elle gardait précieusement dans les replis de sa robe. Que se passerait-il si elle la cassait ? Est-ce que sa vie redeviendrait comme avant ? Son ventre se noua encore plus. Même si c'était ce qu'elle voulait – et elle n'était pas encore sûre d'être prête pour un tel retour en arrière –, elle ne pouvait pas fuir avant d'avoir mené à bien la mission que lui avait confiée la fée. Elle avait promis de fouiller tout le château. Elle ne pouvait pas se dérober.

— Vous me connaissez assez bien. Tout comme je vous connais.

— C'est faux. Je ne sais rien de vous.

— Je suis un chasseur, dit-il. Particulièrement fatigué des petits jeux auxquels se livrent les reines et les rois. Est-ce que cela vous va ?

Cendrillon sentit sur elle le poids de son regard.

— Pourquoi êtes-vous tombée amoureuse du prince ? demanda-t-il encore.

Sa question était si inattendue – et tellement en phase avec ses tourments – qu'elle y répondit sans réfléchir.

— Il était tellement… tellement beau.

Elle ne s'arrêta pas au fait qu'elle utilisait le passé pour en parler – ni à ce que cela pouvait signifier.

— Je suppose qu'il l'est, quand on aime ce genre, dit le chasseur. Mais dites-moi, poursuivit-il en s'adossant au mur avec sa décontraction coutumière, à aucun moment, vous ne vous êtes dit qu'il fallait être sacrément stupide pour reconnaître la femme qu'on dit aimer simplement parce qu'une chaussure correspond à son pied ?

— Non, répondit-elle, les joues brûlantes. Non, je n'y ai pas pensé. Parce que je suis stupide. Voilà tout. C'est ça que vous vouliez entendre ? cracha-t-elle, pleine de colère.

Les larmes lui brûlaient les yeux. Elle tourna les talons, prête à partir en courant. Elle ne voulait pas pleurer devant lui, ni devant personne.

— Cendrillon, l'appela-t-il doucement.

Elle se retourna. Il n'était guère plus qu'une ombre dans la nuit.

— Moi, je vous aurais reconnue. Je vous reconnaîtrai toujours.

La silhouette s'enfonça dans l'ombre puis disparut. Cendrillon resta seule, à se demander ce qu'il avait bien voulu dire.

Elle venait de se coucher dans son lit, le cœur encore bien lourd, lorsque la porte de communication s'ouvrit. Rose entra dans sa chambre, appuyée sur sa canne.

— Où étais-tu ? murmura-t-elle.

Il n'y avait aucune accusation dans son ton, rien d'autre que de la curiosité. Elle s'approcha du lit, et Cendrillon remarqua à quel point sa démarche restait élégante, même alors qu'elle boitait.

— Je n'arrivais pas à dormir.

— Tu as été rejoindre le prince ?

À cet instant, les larmes débordèrent, sans qu'elle n'y puisse rien. Elle pleurait sur tous les problèmes que ses rêves puérils avaient causés, aux siens mais surtout à Rose et elle.

— Il n'était pas là, répondit-elle dans un souffle.

Cendrillon se laissa aller contre Rose, qui la prit dans ses bras pour la bercer doucement, comme quand elles étaient petites et que le sommeil la fuyait.

— Tu accordes trop d'importance à l'amour, petite sœur, dit Rose. C'est un prince, et un jour il sera roi. Or, les rois font toujours ce qu'ils veulent, même quand ils aiment leur femme. Il t'aime comme aime un prince. Il y a des choses que tu dois apprendre à ignorer. Tu deviendras reine. C'est la seule chose qui importe. Tu seras la mère de ses enfants. Le reste… Et bien, tout le reste est sans importance.

En écoutant les paroles de sa belle-sœur, Cendrillon sentit les murs du château se refermer sur elle. À en croire Rose, la vie d'altesse était si simple. Mais comment vivre sans amour ? Sans passion ? Autant être morte.

— J'ignore si j'en suis capable, murmura-t-elle.

— Mais bien sûr que tu l'es. Je t'aiderai, dit Rose en caressant doucement les boucles rousses de Cendrillon. Cela te serait sans doute salutaire de l'aimer un peu moins. La vie est plus simple comme ça. Tu sais, en manœuvrant finement, tu pourrais faire beaucoup de bien au royaume. Tu pourrais améliorer la vie des gens.

— Je ne veux pas manœuvrer, sanglota Cendrillon. Je voulais juste tomber amoureuse et vivre au château.

— Tu as atteint un objectif sur deux, ce n'est pas si mal, dit Rose. La vie n'est pas un conte de fées, Cendrillon. J'aimerais qu'elle le soit, mais ce n'est pas le cas. Un jour, peut-être t'aimera-t-il autant que tu l'aimes. Qui sait ?

Rose resta dans la chambre et finit par s'endormir. Cendrillon appréciait sa présence et son affection. Elle se sentait si seule. Sa belle-sœur avait dû se sentir seule, elle aussi.

— Je t'aime, Rose, murmura-t-elle.

Le nœud au creux de son ventre se dénoua enfin et le sommeil la cueillit.

— Moi aussi, je t'aime, Cendrillon, répondit sa sœur.

Le prince continua à lui témoigner toute son affection, mais Cendrillon avait bien du mal à maintenir les apparences alors qu'il entretenait à l'évidence une relation clandestine. Au cours des nuits suivantes, elle retourna deux fois dans sa chambre, sans jamais l'y trouver. Elle lui avait demandé s'il dormait bien et si ses appartements étaient confortables. Aux deux questions, il avait répondu par l'affirmative. Cendrillon avait continué de sourire, alors qu'elle avait envie de hurler en le traitant de menteur. Le troisième jour, elle alla se réfugier dans sa propre chambre en prétextant la grande fatigue causée par les préparatifs, puis demanda à ses servantes de lui préparer un bain chaud.

Ce n'est qu'après leur départ qu'elle remarqua la présence du petit rat brun qui s'était faufilé là. Une cicatrice ornait la fourrure de son dos. Cendrillon s'étonna du subit élan d'affection que lui inspira la petite créature devenue familière.

— Comment as-tu fait pour entrer ? demanda-t-elle.

Elle s'accroupit, une main tendue, puis rit avec délice quand la bestiole grimpa sur sa paume. Ses petites pattes la chatouillaient.

— Tu es un sacré petit aventurier, pas vrai, monsieur Le Rat ? dit-elle en le déposant délicatement sur un coussin sur son lit. Cela dit, ce serait mieux que tu sois madame La Rate, poursuivit-elle en dénouant les lacets de son corsage. Les femmes sont plus fiables.

Sa robe glissa au sol, puis Cendrillon retira lentement ses sous-vêtements. Oh, c'était divin de sentir l'air sur sa peau. Il faisait chaud dans la pièce, mais l'agréable sensation la fit frissonner. Le rat se dressa alors sur ses pattes arrière, ses petits yeux noirs l'examinant attentivement. C'était une bien étrange bestiole, mais Cendrillon était heureuse qu'elle lui tienne compagnie.

— D'après toi, où va-t-il passer ses nuits ? lui demanda-t-elle en se glissant doucement dans l'eau chaude, avant de fermer les yeux. Suis-je si peu digne d'être aimée ?

Dans un grand soupir, elle rouvrit les yeux pour attraper l'éponge et le savon. Le petit rat était à présent assis sur le bord du grand cuveau. C'était vraiment un animal exceptionnel. Elle savonna l'éponge, avant de la passer sur ses seins menus et fermes et sur son ventre plat. Sa peau la picotait. Le prince avait éveillé quelque chose en elle au cours du bal, et même si elle était en train de découvrir que l'amour était furtif et insaisissable, le feu du désir continuait de couver en elle.

— Tout cela n'est-il vraiment arrivé que grâce aux pantoufles ? *Vraiment* ? Pourquoi m'aurait-elle fait une chose pareille ?

Sa voix se faisait plus rauque et plus basse tandis qu'elle passait ses mains sur son corps, qui commençait à réagir à ce contact.

— Tu parles d'une fée marraine, murmura-t-elle encore, avant de se perdre dans ses rêveries.

Les yeux clos, elle oublia le petit rat et le château autour d'elle, pour revenir sur la terrasse le soir du second bal, lorsque le prince l'avait explorée de ses mains. Elle se caressa, et cette fois-ci elle imagina, à la place de celles de son fiancé, des mains à la peau tannée, plus rudes aussi. Et lorsqu'elle embrassa celui qui enflammait ses songes, elle sentit une barbe rase et drue lui piquer les joues. Ses doigts s'activaient et son souffle s'accélérait ; elle l'imaginait la bouche entre ses cuisses, puis entrant enfin en elle. Tandis qu'elle avançait résolument vers un grand éblouissement, elle sentit autour d'elle l'odeur de la forêt.

— Le voleur ! Le voleur ! On a attrapé le voleur !

Les cris l'arrachèrent de ses songes. En hâte, elle sortit de son bain, remarquant à peine le petit rat qui se carapatait en trottinant. Elle emmitoufla son corps tout mouillé dans un peignoir, puis gagna la fenêtre dont elle écarta les lourds rideaux pour regarder en contrebas. À l'intérieur du château, l'animation restait généralement plus que mesurée, à la demande de la reine qui souffrait toujours d'une migraine ou de quelque indisposition. Toutefois, ce matin-là, il y avait un véritable tapage au dehors. Le carrosse d'un comte, reconnaissable au pavois bleu à l'avant, s'arrêta dans la cour, et un gros homme aux jambes extraordinairement courtes en descendit maladroitement. Derrière venait un chariot chargé de ce qui avait tout l'air d'une cage de bois. Cendrillon fronça les sourcils. Qui était le prisonnier ? Elle avait la certitude qu'il y en avait bien un, enfermé dans cette cage.

Tandis qu'on escortait le comte à l'intérieur, quatre valets descendirent le vaste perron pour aller chercher la cage. Serviteurs ordinaires et autres artisans occupés non loin se précipitèrent dès que le comte eut disparu à l'intérieur pour se retrouver aux premières loges.

— Voleur ! cria quelqu'un à la personne encagée, en la piquant de la pointe d'un bâton à travers les barreaux. Tu es bon pour la Route du troll !

Les valets chassèrent les excités, mais les cris et les noms d'oiseaux continuèrent de pleuvoir.

Le ventre de Cendrillon n'était plus qu'un bloc de glace. Un voleur. Ses nerfs étaient tendus comme des cordes. *Ça ne peut pas être lui ? Il doit y avoir des centaines de voleur dans toute la ville, non ?* Elle ouvrit la fenêtre pour se pencher dans l'air vif du matin.

— Bouton ? cria-t-elle, sans se soucier des têtes qui se levèrent aussitôt vers elle, tout juste vêtue d'un peignoir. Bouton, c'est toi ?

Une main pâle apparut entre deux barreaux, puis s'agita faiblement.

— Oh non, murmura Cendrillon en titubant en arrière. Oh non.

Elle attrapa ses vêtements.

— Rose ! cria-t-elle à pleins poumons. Rose ! Quelque chose de terrible vient d'arriver !

8

LA ROUTE DU TROLL...

Les preuves contre Bouton – ou plutôt Robin, puisque tel était son véritable nom – étaient accablantes. Il avait été pris la main dans le sac alors qu'il était en train de dérober deux cuillers d'argent appartenant au comte – subtilisées dans une ménagère de cent trente couverts, dont le solde était déjà tombé à cent vingt-trois –, et il ne fallut pas longtemps aux maîtres de quelques grandes maisons pour faire le lien entre les visites du garçon de courses du château et la disparition de divers petits objets dans leurs demeures. Le même phénomène avait été maintes fois observé au palais lui-même, où miches de pain, petits fromages et bouteilles de vin s'évanouissaient mystérieusement. On en profita pour lui mettre sur le dos la disparition de tout ce qui avait pu être égaré jusque-là.

Il n'y eut pas de procès à proprement parler, puisqu'il était accusé de crimes contre le roi. Certes, des juges étaient chargés d'appliquer la loi concernant les petites gens – lors d'audiences généralement expédiées à la va-vite et soumises aux caprices de la bonne fortune –, mais l'affaire de Bouton relevait, de par sa nature, d'une autre juridiction. Il fut donc jugé à huis clos en présence du roi, du prince et du conseil des nobles. Sans surprise, on le déclara coupable avant de le condamner à la peine dite de la « Route du troll ».

Rose et Cendrillon attendaient le verdict dans le couloir en se tenant les mains. Les nobles sortirent de la pièce, vêtus de leurs robes bordées de fourrure, devisant joyeusement du déjeuner qui les attendait. Bouton n'était plus qu'un souvenir qui s'estompait déjà dans leur mémoire. Les deux sœurs échangèrent un regard : elles savaient ce qui leur restait à faire. Rose allait tenter de plaider la cause du jeune homme auprès du roi tandis que Cendrillon allait s'attaquer au prince.

Le cœur de Cendrillon battait très fort quand elle frappa à la porte des appartements de son futur époux avant d'entrer. Jusqu'alors, elle n'avait vu la chambre que de nuit, dans la pénombre, ne distinguant guère plus que des silhouettes. Or, à la lumière du jour, elle découvrait un lieu magnifiquement décoré, dans des tons blancs et crème rehaussés de bleu et de pourpre. Elle vit que sa pantoufle de diamant avait été négligemment jetée tout au sommet d'une armoire, si haut qu'on la voyait à peine. *Depuis quand a-t-elle cessé de mériter le coussin de velours rouge ?*

— Que venez-vous faire ici ? demanda le prince, surpris de la voir.

Occupé à changer de tenue, il était torse nu.

— C'est la Route du troll qui vous rend si hardie ? demanda-t-il, lui-même visiblement excité par la perspective. Vous y êtes déjà allée ?

Cendrillon secoua la tête, les yeux rivés sur le torse de son fiancé, large, puissant et lisse, exactement comme elle l'avait imaginé. Une chaîne d'argent brillait à son cou. Elle se racla la gorge en luttant pour rester concentrée.

— Non, cette perspective ne me réjouit pas. Je suis venue solliciter la grâce de ce jeune serviteur.

— Quoi ? s'exclama-t-il, sourcils froncés. C'est une plaisanterie ? Ce garçon est un voleur. Pourquoi vous en soucier ?

— Ce n'est encore qu'un garçon, répondit-elle. Et il n'a pas volé grand-chose.

— Comment pouvez-vous en être sûre ?

— Je… Il se trouve que je le connaissais. Un peu, expliqua-t-elle en sentant ses joues s'empourprer. Il m'apportait des choses parfois, comme du charbon quand il faisait froid. Et il en distribuait d'autres aux gens.

— Je n'avais pas mesuré que le mariage de votre mère l'avait fait déchoir au point que vous en étiez réduits à vivre des largesses de serviteurs malhonnêtes.

— Je ne crois pas qu'il avait conscience de mal agir. Il a bon cœur...

— Suffit ! l'interrompit le prince, les traits soudainement sévères.

Sa bouche n'était plus qu'une ligne aussi fine qu'une estafilade. Il n'était plus si séduisant.

— Il nous a volés, reprit le prince. La Route du troll l'attend, et vous serez à mes côtés quand il tombera. Et plus jamais vous ne me direz un seul mot à son sujet. C'est compris ?

— Mais...

— Vous allez devoir arrêter de vous comporter comme une fille du peuple, marmonna-t-il entre ses dents serrées, avant d'enfiler une chemise propre. Et cessez de parler comme l'une d'elles. Votre voix est grossière et votre ton vulgaire. Prêtez plus d'attention aux cours d'élocution qui vous sont dispensés et laissez mon père et moi nous occuper de la justice royale.

Ces paroles cinglèrent Cendrillon. Elle avait cru que rien ne pourrait lui faire plus mal que la froideur qu'il lui manifestait depuis son arrivée au château, mais à voir ainsi sur son visage combien cette confrontation le répugnait, et à entendre de sa bouche ces mots terribles, Cendrillon se sentait au bord des larmes.

— Pourquoi donc m'épousez-vous ? demanda-t-elle d'une voix pourtant ferme. Vous ne m'aimez pas.

— Je n'ai plus le choix.

Il la regarda en face et elle vit la tristesse dans ses yeux. *Après qui soupires-tu ainsi, mon prince ?*

— Le royaume tout entier attend ce mariage, poursuivit-il. Si je vous renvoie chez vous maintenant, on me prendra pour un prince sans cœur et un homme volage.

— Je devrais peut-être partir de moi-même, dit Cendrillon.

En dépit de ses rêves de vivre au palais, elle se disait que retrouver sa petite maison ne serait finalement pas si terrible – malgré le froid et les soupers bien maigres.

— Vous ne le pouvez pas. Je suis le prince et vous n'êtes qu'une fille du commun. Pour quoi passerais-je si c'était vous qui me quittiez ?

— Je croyais que vous vouliez de moi, dit-elle, tandis qu'une larme dévalait sa joue.

Elle ne savait plus quoi faire. Était-ce vraiment ça, la vie qu'elle allait avoir ?

— Je ne sais pas ce qui s'est passé au cours de ces deux bals, dit le prince en se laissant tomber dans un fauteuil.

Cendrillon vint s'asseoir en face de lui sur le bord du lit, et ils se regardèrent, non pas comme deux amoureux éperdus, mais comme deux étrangers décidés à faire preuve d'honnêteté l'un envers l'autre.

— Je ne cherchais pas l'amour. J'en ai soupé de la beauté. Je voulais une femme pragmatique et dotée de sens pratique. Une épouse qui conviendrait à mon père. Une femme qui comprendrait ce qu'être reine signifie, dit-il en regardant Cendrillon. Ma mère est issue d'une famille noble, et aujourd'hui encore, la tâche de souveraine lui semble bien lourde.

Une nouvelle fois, Cendrillon songea à sa belle-sœur. Rose avait la tête froide, mais aussi bon cœur, et elle gardait toujours les pieds sur terre. Rose n'avait jamais parlé de garçons ou d'amourettes, ni accroché un portrait du prince au mur de sa chambre.

— Et tout à coup, vous êtes arrivée, poursuivit-il avec un petit haussement d'épaules. Et de l'instant où je vous ai vue jusqu'à celui où l'on vous a retrouvée, j'ai ressenti un élan vers vous comme jamais encore je n'en avais éprouvé. J'ai cru que je vous aimais. J'aurais accepté de mourir pour vous. Mais quand vous êtes arrivée ici, tout était différent.

— Cette…, commença Cendrillon, avant de s'interrompre pour trouver le bon mot. Cette « passion » que nous avons éprouvée l'un pour l'autre sur la terrasse… Elle doit bien exister encore ?

— Vous êtes comme une copie parfaite de la fille de ce soir-là. Vous êtes jolie. Quand je vous regarde, je me remémore ce que j'ai ressenti, mais tout a disparu depuis. Je ne parviens pas à me forcer à avoir envie de vous.

Cendrillon baissa les yeux sur ses chaussures de satin bleu, assorties à sa robe mais dépourvues de toute magie capable de faire naître l'étincelle chez cet homme dont elle avait pensé si fort qu'il lui était destiné.

— Qu'allons-nous faire ? demanda-t-elle.

— Les choses vont s'arranger, répondit-il en se penchant pour lui tapoter gentiment la main. Vous ne manquerez de rien. La vie sera agréable pour vous.

À chacune de ses phrases, Cendrillon pouvait sentir les murs du château en train de se resserrer autour d'elle. Puis le prince se leva et sa voix se fit plus dure, comme si le simple fait de toucher sa promise l'avait révulsé.

— Mais une chose est sûre, vous vous comporterez comme une reine ! Et pour commencer, vous m'accompagnerez demain au crépuscule à la Route du troll.

Cendrillon sentit son cœur tomber en poussière dans sa poitrine. Elle ne pouvait rien pour Bouton. Elle n'avait pas le moindre pouvoir.

Rose n'eut pas plus de succès avec le roi, qui n'écouta même pas son argument selon lequel le voleur avait peut-être utilisé le fruit de ses rapines pour faire du bien autour de lui. « Un voleur est un voleur, et le comte est mécontent », avait-il dit. Le roi n'allait certainement pas prendre fait et cause pour un quelconque valet, au détriment d'un homme sur lequel il comptait pour lui fournir des troupes et de l'argent.

Bouton allait connaître la Route du troll, et un convoi royal l'accompagnerait là-bas. Il fallait rappeler au peuple que si le roi était généreux, sa justice restait inflexible.

Cette nuit-là, Cendrillon mena ses recherches sans grand enthousiasme. Elle parcourut des salles d'étude et des bibliothèques pleines de livres de droit et de sciences, où les secrétaires du roi travaillaient à rédiger de nouvelles lois pour remplacer les anciennes. Elle descendit aux cuisines et à la cave à vin, mais des serviteurs y travaillaient encore. Le cœur du château ne dormait jamais vraiment. Tout en cherchant, elle se dit que si la citadelle contenait vraiment quelque chose que sa méchante fée marraine – comme elle l'appelait désormais en son for intérieur – voulait à ce point, cette chose ne se trouvait probablement pas dans un lieu où défilaient de véritables processions de servantes et de valets. Son cœur et son esprit étaient tout entiers envahis par l'image du pauvre Bouton, enfermé dans un cachot et sans espoir de grâce. Il avait été si bon avec elle et tant d'autres ; pourtant, personne ne viendrait le sauver. D'ailleurs, qui aurait pu faire quoi que ce soit quand ni Rose ni Cendrillon n'avaient pu convaincre ni le prince ni le roi ? Le château sombrait dans le sommeil quand 3 heures sonnèrent. Par des couloirs étroits, Cendrillon regagna l'arrière des cuisines, puis la petite porte.

Le chasseur l'y attendait – comme toujours. Cendrillon fut surprise du soulagement qu'elle éprouva en le voyant. Il l'écouta sans l'interrompre pendant qu'elle déballait d'une traite la triste histoire du pauvre Bouton. Pendant un long moment, il resta à contempler la nuit. Au loin, une chouette hululait.

— La Route du troll, dit-il d'un ton pensif.

— Il n'y survivra pas. Personne n'y survit.

Cendrillon repensa à tous les cadeaux que Bouton leur avait apportés. Elle avait pris ces marques d'attention à la légère, sans jamais mesurer réellement le danger auquel il s'exposait. Ce qu'elle voulait, c'étaient les histoires qu'il lui racontait et le petit jeu auquel ils s'adonnaient ensemble ; elle n'avait pas considéré les risques qu'il prenait pour elle. *Comment ai-je pu être aussi stupide ?* Quelques semaines tout au plus avaient passé depuis qu'elle avait tourné le dos à son ancienne existence, mais elle avait l'impression qu'une vie entière s'était écoulée.

—Nous devons lui venir en aide, dit-elle en fixant intensément cet homme étrange qui était en quelque sorte devenu son compagnon nocturne. N'y a-t-il pas quelque chose que nous puissions faire ? L'aider à s'évader du cachot ? Lui donner de l'argent et de la nourriture et l'envoyer se cacher dans la forêt ? Bien sûr, il faudrait organiser une diversion, et nous aurions besoin d'aide, mais si vous avez des amis…

—Le rat, l'interrompit-il d'une voix grave et sourde, l'air pensif. Apportez-lui le rat et dites-lui de le garder dans sa poche jusqu'au moment où ils le laisseront tomber depuis le pont.

—Quel rat ? demanda Cendrillon en fronçant les sourcils. (*Mais de quoi parle-t-il ?*) Vous ne pouvez donc rien faire ?

—Le rat qui vous suit partout. C'est de ce rat que je vous parle. Et je suis déjà en train de faire quelque chose, dit-il en se penchant vers elle. Vous devez me faire confiance.

Le crépuscule arrivait quand Cendrillon glissa le petit rat dans son corsage avec un mouchoir de soie pourpre, sous l'œil horrifié de Rose, appuyée sur sa canne.

— Mais qu'est-ce que tu fabriques ?

— Je ne sais pas bien moi-même.

Le rat se tortillait contre ses seins, aussi Cendrillon dénoua-t-elle légèrement les cordons de son bustier sur l'avant de sa robe, au cas où le petit animal aurait été en train de suffoquer. En tout cas, il la chatouillait.

— Je vais le donner à Bouton, reprit Cendrillon. Apparemment, il pourrait lui être utile.

Rose prit son lourd manteau de fourrure et l'enfila.

— Tu sais quand même ce qu'est un troll, n'est-ce pas ? Je ne crois pas qu'un rat suffise à l'effrayer. Qui t'a suggéré ça ?

— Un ami.

Cendrillon avait fait de son mieux pour parler d'un ton détaché, mais ce fut peine perdue. Rose s'arrêta, puis alla prendre la fourrure presque blanche de sa belle-sœur pour la déposer sur ses épaules.

— Cendrillon, ma chérie, nous n'avons aucun ami, dit-elle en souriant tristement. Mais qui que soit cette personne, j'espère qu'elle sait ce qu'elle fait.

— Moi aussi.

Par la fenêtre, Cendrillon regarda le cortège en train de se former en contrebas. *Ça va être un véritable événement.* Si seulement l'occasion n'avait pas été si funeste ! Par-delà les murailles de la place forte, elle apercevait la route menant au pont, éclairée tout du long par de grandes torches ; tout le reste de la cité semblait plongé dans l'ombre à côté de ces illuminations. Des masses de badauds souriants devaient se presser le long du chemin, excités à l'idée de voir leurs souverains, et tout disposés à entretenir la frénésie ambiante. Ces lumières paraissaient à Cendrillon aussi magnifiques que terrifiantes. *Pauvre Bouton, comment se sent-il en cet instant ?*

— Il faut y aller, maintenant, dit Rose en ouvrant la porte de la chambre. Tout le monde va t'attendre.

Dans la cour bondée, Rose rejoignit sa mère et son beau-père, ainsi qu'Ivy et son vicomte. Elle resta avec eux. Cendrillon se réjouit de voir que leurs mines étaient graves et sombres, bien loin de la liesse qui régnait autour d'eux. Côte à côte, aussi altières et élégantes l'une que l'autre, Rose et sa mère promenaient sur l'assistance un regard distant ; c'était exactement l'attitude que Cendrillon imaginait devoir être celle des femmes de la noblesse. Même son père avait un petit quelque chose de sophistiqué. Il se tenait plus droit depuis qu'il avait de nouveau un journal à diriger. Elle se demanda de quelle manière il allait relater ces événements.

Elle leur fit un signe de tête et sourit doucement. Ils lui retournèrent son sourire et, pour la millième fois au moins, elle regretta de n'avoir pas su voir plus tôt la chance qui était la sienne d'appartenir à cette famille, au lieu de vivre l'esprit encombré de chimères au sujet d'un amour princier et d'une mère défunte.

Il y eut un bruit de chaînes et de rouages mis en branle. On remontait le prisonnier des oubliettes, très loin en dessous, par une plate-forme fermée. Peut-être était-ce son imagination, mais Cendrillon eut la très nette sensation que la cage rapportait avec elle une infâme odeur d'humidité putride, comme si l'air qu'elle contenait était vicié depuis très longtemps. À l'avant du cortège, elle vit son cheval gris – un présent de son fiancé –, prêt à être monté. Les serviteurs et les porteurs de torches s'écartèrent puis les portes s'ouvrirent. À cet instant, elle prit conscience de sa solitude. Bouton apparut, clignant des yeux alors même que le jour avait pratiquement disparu, flanqué de deux gardes à l'air redoutable portant une cotte de mailles. Ils le poussèrent en avant. Les mains de Bouton étaient entravées ; il chancela mais ne tomba pas. Quelques sifflements moqueurs montèrent de la foule.

— Attendez ! cria Cendrillon à l'instant où ils s'apprêtaient à le traîner à l'arrière du chariot qui allait le mener à son triste sort.

Toutes les têtes se tournèrent vers elle. Le prince, déjà en selle, ouvrit la bouche pour lui faire une remarque, mais le roi l'arrêta en posant une main sur son bras. Réprimander sa promise en public était tout sauf chevaleresque.

Cendrillon se redressa de toute sa taille puis s'approcha de Bouton. Parvenue devant lui, elle extirpa le rat et le mouchoir qui le dissimulait du corsage où elle les tenait cachés, tout contre son cœur affolé.

— Un roi doit être juste, et justice doit être rendue, dit-elle d'une voix suffisamment forte et claire pour être entendue de la foule impatiente, par-dessus le hennissement des chevaux et les piétinements. Mais une princesse doit être douce et aimable. En l'honneur de mon futur époux et de Sa Majesté le roi, j'offre donc au condamné ce mouchoir, en espérant qu'il lui porte chance, poursuivit-elle en levant bien haut sa main, avant de fourrer mouchoir et animal dans la poche de Bouton, en lui souhaitant une fin rapide et dénuée de souffrances.

Elle regarda un instant Bouton dans les yeux.

— Garde-le avec toi, murmura-t-elle à la hâte.

D'un infime signe de tête, Bouton indiqua qu'il avait compris.

Cendrillon se retourna face au roi, avant d'exécuter une profonde révérence. Puis elle rejoignit sa monture.

— Votre geste est tout à fait digne d'une princesse royale, dit le monarque en hochant la tête.

Même le prince accorda un demi-sourire à sa promise. Cendrillon réserva le sien à Rose, qui, entretemps, était montée sur les remparts se fondre parmi les spectateurs venus assister au départ du cortège. Rose lui sourit en retour, heureuse de voir que Cendrillon était résolument sur la voie du progrès.

Elle ne regarda pas une seule fois en direction de Bouton pendant que leur procession parcourait les rues de la cité. Elle tira sa capuche bordée de fourrure sur sa tête, de façon à ce que personne ne puisse voir qu'elle ne partageait pas l'excitation générale. La foule lançait des moqueries au passage du chariot ; ici et là, on jetait toutes sortes de légumes pourris au pauvre garçon, anéanti et gelé. Il était en route vers son trépas, pourtant on semblait vouloir le punir encore plus. Cendrillon regarda les visages illuminés par les torches et se demanda à combien d'entre eux Bouton avait apporté son aide, sous forme de quelques pièces de monnaie ou de nourriture, dans les moments les plus difficiles. Ceux-là étaient peut-être les plus agressifs, ceux qui criaient le plus fort, de crainte que Bouton ne donne leurs noms, alors que le cortège approchait du pont fatidique.

Pour finir, ils parvinrent aux limites de la ville. Le pont se déroulait devant eux, et la sombre forêt s'étendait au-delà. Cendrillon sentit son ventre se tordre lorsqu'elle aperçut l'immense arche de pierre reliant les rives de la rivière à sec. Son père et sa belle-mère n'avaient jamais emmené leurs enfants jusque-là, et Cendrillon n'avait jamais été de ces gamins qui venaient jouer aux trolls et aux prisonniers, jusqu'à ce que les gardes les chassent. Le pont était plus large qu'elle ne l'avait pensé – une dizaine de mètres pratiquement. Dès que l'un des gardiens de l'endroit, revêtu d'une lourde armure, eut allumé les torches suspendues sous le tablier, un rugissement phénoménal et effrayant remonta des profondeurs, si puissant et si furieux que Cendrillon aurait pu jurer que le sol en avait tremblé sous les sabots de sa monture.

On fit descendre Bouton du chariot pour le remettre aux mains de la garde du pont. La procession royale suivait la scène dans le plus grand silence. Bouton avait l'air minuscule dans la poigne gigantesque des gardiens. Ceux-ci étaient réputés pour leur taille, la crainte qu'ils inspiraient et leur nature silencieuse. Leur barbe était la seule chose qu'on distinguait sous leur casque. *On dirait des ours en armure.* La vue de son ami aux mains de ces colosses la fit frissonner. Bouton ne tourna pas la tête dans sa direction, mais elle était fière de voir qu'il ne pleurait pas, ni ne suppliait qu'on l'épargne. Son regard restait plein de défi.

Le troll rugit à nouveau ; il savait qu'on lui apportait de la viande fraîche. À cet instant, Cendrillon se sentit flancher. À quoi donc pensait le chasseur ? Qu'est-ce qu'un rat pouvait bien faire face à pareille créature ?

La nuit noire les enveloppait désormais. Pendant la petite heure qu'avait duré leur trajet jusqu'au pont, le soir avait fini de tomber. On détacha les mains de Bouton, qui s'avança vers le milieu de l'arche. Cendrillon souhaita de toutes ses forces que les torches s'éteignent toutes d'un coup pour qu'elle n'ait pas à voir ça.

— Tu as été accusé de vol et de trahison, lui dit le héraut d'une voix forte. As-tu une déclaration à faire avant l'exécution de la sentence ?

Dans les lueurs mouvantes, Bouton se contenta de sourire – de ce petit sourire effronté qu'elle lui avait toujours connu. Un rictus plein de courage. Il avait toujours su qu'il courait des risques, mais cela ne l'avait jamais arrêté. Cendrillon n'avait pas écouté ses mises en garde au sujet de la vie au palais ; à présent, elle les comprenait. Elle l'avait toujours considéré comme un garçon, mais il était en réalité bien plus adulte qu'elle-même ne l'avait jamais été.

— Je reviendrai chercher de l'argent, dit Bouton. Il y en a plein à ramasser et le peuple est affamé. Peut-être pas autant que le troll, notez bien, ajouta-t-il en baissant les yeux vers ses pieds. Mais qui sait, peut-être ne me trouvera-t-il pas à son goût ?

— Allez-y, gronda le roi, nullement impressionné par une telle absence de repentir.

Bouton tira alors le mouchoir et le rat de sa poche, puis les regarda, manifestement interloqué. Cendrillon se tordit le cou pour tenter de mieux voir la scène. Quelque chose était en train de se passer.

Le plus massif des gardiens du pont tira sur un lourd levier de bois ; dans un grincement aussi déchirant qu'un cri d'agonie, le mécanisme s'arracha à son engourdissement hivernal. La trappe s'ouvrit et Bouton chuta, disparaissant dans le lit de la rivière en dessous. Le troll rugit, puis rugit encore.

— S'il vous plaît, dit Cendrillon en posant une main sur le bras du prince, pouvons-nous partir maintenant ?

Si elle devait entendre les hurlements du pauvre Bouton, elle aurait l'impression d'avoir le cœur arraché.

— Bien sûr que nous partons, répondit le prince en faisant volter son cheval. Nous ne sommes pas des barbares.

Cendrillon regarda son visage aux traits magnifiques, en se demandant s'il mesurait l'inanité et le ridicule de ses paroles après ce qu'ils venaient de commettre.

9

UN SECRET

Un dîner les attendait au château, mais Cendrillon aurait été incapable d'avaler la moindre bouchée. Elle repoussa les aliments sur le pourtour de l'assiette, jusqu'à former un petit monticule qui ne pouvait tromper personne. Cependant, contrairement à ce qu'on lui disait quand elle était enfant et que la nourriture était rare, personne ne l'enjoignit à se forcer. Elle se demanda même si quelqu'un avait remarqué son manque d'appétit. Le prince et le roi parlaient et riaient ; la reine se contentait de ponctuer la conversation de ses sourires, n'ouvrant la bouche que pour souligner parfois la qualité des venaisons et exprimer son espoir de voir le temps s'améliorer pour qu'ils puissent retourner à la chasse tous ensemble.

Cendrillon bouillait intérieurement. Un serviteur finit par emporter son assiette. Elle n'avait qu'une idée en tête : retrouver le chasseur pour entendre le récit du sauvetage de Bouton. *A-t-il seulement pu faire quelque chose ?* Des tas de rumeurs évoquaient des personnes ayant réussi à survivre à la Route du troll et à gagner l'abri de la forêt, mais à la connaissance de Cendrillon, aucune d'elles n'était jamais revenue dans la cité. Tout cela n'était que mythes et légendes. Le chasseur ne viendrait qu'à trois heures du matin : encore quatre longues heures à attendre. Elle allait mettre à profit ce temps pour continuer de fouiller les pièces du château, à la recherche de ce que sa fée marraine voulait tant récupérer. Elle avait déjà poussé tant de portes en vain qu'elle était sûre désormais de ne jamais rien trouver. *Et après ? La fée marraine m'enverra-t-elle à la Route du troll parce que je suis devenue inutile ?* À en juger par la façon dont s'étaient déroulées leurs négociations, Cendrillon n'en serait pas si surprise. Elle regarda son prince de l'autre côté de la table d'acajou. Son visage était encore plus beau à la lueur des bougies.

Elle avait aussi très envie de découvrir où il disparaissait chaque nuit. *Rejoint-il une servante ? Une autre femme de la cour ? Mais au fond, qu'est-ce que j'en ai à faire ?* Elle s'était tellement inquiétée des sentiments qu'il pouvait avoir pour elle qu'elle n'avait pas vraiment pris le temps de s'interroger sur ceux qu'elle nourrissait encore à son égard. Avait-ce jamais été autre chose qu'un béguin de petite fille ? Elle était tombée amoureuse d'un rêve et d'un portrait. La réalité était tout autre. Cela étant, l'image de la chambre du prince vide chaque nuit hantait son esprit ; elle était dévorée par la curiosité.

Je vais le suivre, décida-t-elle à l'instant où l'on apportait une tarte nappée de crème chantilly. L'odeur des pommes emplit l'air et Cendrillon en eut soudain l'eau à la bouche. Suivre le prince et fouiller le château étaient deux activités qui n'entraient pas forcément en contradiction – en particulier si le prince se rendait dans une partie du palais qu'elle n'avait pas encore visitée. Elle mordit dans sa part et sentit la succulente pâte fondre sur sa langue, puis la saveur des fruits et de la cannelle mêlés exploser dans sa bouche. *Voilà, c'est ça que je vais faire. Je vais le suivre.*

Après le dîner, tandis qu'autour d'un verre d'alcool, le roi et son fils devisaient de ces choses dont parlent les hommes quand les femmes ne sont pas là, Cendrillon regagna sa chambre en toute hâte pour troquer sa robe de soirée, raide et formelle, contre une tenue plus confortable, dans laquelle elle pouvait se déplacer rapidement et en silence. Pieds nus, elle regagna le salon pour se cacher derrière une tenture, un œil rivé à la mince ouverture qui séparait les battants de la double porte. Elle n'eut pas à attendre longtemps le départ du prince. D'un signe de tête, il salua son père, le laissant devant le feu, seul avec ses pensées.

Dès que le prince eut refermé les portes derrière lui, ses épaules se voûtèrent. Il resta un instant immobile, puis se mit en route. Cendrillon le laissa prendre de l'avance, avant de sortir de sa cachette pour lui emboîter le pas en rasant les murs. Il était tard et le château était tranquille. Tout le monde dormait, ou s'était du moins retiré dans ses quartiers. Le silence régnait, uniquement troublé par le claquement des talons du prince sur le marbre.

Cendrillon sentit le désespoir s'emparer d'elle quand le prince s'arrêta devant ses appartements. Toujours dans l'escalier, Cendrillon l'observa depuis l'angle du mur contre lequel elle était tapie. Il restait devant sa porte. Allait-il passer enfin la nuit dans son propre lit ? *Ce n'est pas possible. Pas ce soir. Il ne va quand même pas...*

Le prince posa son front contre le panneau et prit une profonde inspiration, comme s'il avait été aux prises avec un grand dilemme intérieur. Le cœur de Cendrillon s'accéléra. Soudain, le prince se redressa de toute sa taille, mâchoires serrées. Qu'est-ce qui pouvait bien l'accabler ainsi ? Ce n'était certainement pas la domestique avec qui il couchait peut-être qui pouvait le plonger dans de pareilles affres. À moins qu'il ne soit précisément en train de s'éprendre de Cendrillon. À cette pensée, la jeune femme sentit son cœur se soulever doucement, comme poussé par la houle. Elle n'était pas certaine de l'aimer, mais elle voulait qu'il l'aime. Il soupira encore une fois, puis cogna doucement la tête contre la porte à deux reprises, avant de se retourner pour repartir. Comme une ombre, Cendrillon se glissa son sillage.

Les quartiers des serviteurs étaient situés dans les étages inférieurs du palais – à l'exception des chambres des servantes et des valets personnels de la reine et du roi. Cendrillon pensait que le prince allait mettre le cap vers ces sous-sols emplis de brouhaha, de chaleur et de vie, mais il n'en fit rien. Au lieu de cela, il suivit plusieurs couloirs sinueux d'un pas ferme et décidé, qui le menèrent au cœur de l'immense édifice. Ils étaient bien loin des lieux que Cendrillon connaissait, où les grandes fenêtres laissaient entrer la lumière à profusion. Jamais encore elle n'avait mis les pieds dans cette partie du château. Elle se demanda combien de mois il lui aurait fallu pour arriver jusque-là toute seule.

Les couloirs étaient plus sombres, éclairés seulement par quelques lampes accrochées au mur et assez espacées les unes des autres. Les statues et des peintures disposées ici et là étaient recouvertes de draps pour les protéger de la poussière. L'air était froid et il y flottait une odeur d'humidité, comme si aucun feu n'avait été allumé dans les pièces attenantes depuis une éternité. L'ombre du prince s'étirait très loin derrière lui, et c'était elle que Cendrillon suivait pour ne pas le perdre. L'espace d'un instant, elle se demanda ce qui se passerait si elle le perdait de vue. Serait-elle capable de retrouver son chemin ? Ou bien errerait-elle en criant dans ces confins jusqu'à la fin de ses jours ? *J'aurais dû prendre un quignon de pain au dîner*, songea-t-elle, *afin de semer des miettes derrière moi.* En frissonnant, elle se rapprocha de celui qu'elle suivait. Pas question de le perdre – elle n'avait pas d'autre choix.

Ils arrivèrent enfin à un escalier de pierre en colimaçon, dans lequel le prince s'engagea. Cendrillon suivait toujours. L'ascension dura plusieurs minutes, et Cendrillon espéra qu'il n'entendait pas le souffle un peu saccadé derrière lui. Aucune lampe n'éclairait ces lieux exigus, fouettés de rafales d'air frais. Par endroits, les murs étaient percés de petits trous – des ouvertures sans doute ménagées pour permettre aux archers de tirer, aux temps anciens où les royaumes ne savaient pas encore contenir les batailles loin de leurs capitales. La lumière de la lune pénétrait par ces anfractuosités, offrant à Cendrillon la vision fugace de différentes parties du corps du prince au-dessus d'elle – une jambe, une chaussure, un morceau de son torse. L'air se faisait plus vif. L'escalier déboucha enfin sur un palier.

Cendrillon avait cru qu'ils étaient en train de gravir une tourelle, mais ils aboutirent en réalité à un autre couloir, que ne décorait aucun ornement, hormis d'immenses toiles d'araignée recouvertes de poussière. Recroquevillée dans l'ombre, la jeune fille sentait mille petits débris sous la plante de ses pieds nus. Le prince s'était enfin arrêté devant une porte. Contrairement à toutes celles devant lesquelles ils étaient passés, celle-ci avait de toute évidence été récemment nettoyée. Le bois sombre luisait, et aucun point de rouille n'en ternissait les ferrures. Le prince porta les mains à son cou et sortit de sous ses vêtements la chaîne qu'il portait. Une clé en or accrocha un rai de lumière. Il regarda autour de lui avant de la glisser dans la serrure, et Cendrillon se tassa encore plus contre le mur.

La porte pivota sur ses gonds ; l'instant d'après, le prince avait disparu. Cendrillon s'approcha en toute hâte, à temps pour entendre le raclement métallique du pêne qui jouait : le prince fermait à clé derrière lui. Le cœur battant, elle colla un œil contre l'infime interstice du côté des gonds. *Qu'est-ce qu'il peut bien faire là-dedans ? Qu'y a-t-il de si précieux qu'il ferme la porte pour le protéger ? Il est prince, tout de même. Il ne craint donc pas qu'on lui vole quelque chose ? Pourquoi le cacher ? Et pourquoi venir ici au milieu de la nuit quand tout le monde dort ?* Incapable de distinguer quoi que ce soit, elle colla l'oreille contre le panneau. Elle entendit le raclement d'une chaise, puis la voix du prince. Il parlait, mais elle ne comprenait rien. Elle fronça les sourcils et se concentra encore, en retenant sa respiration. Il n'y avait qu'une seule voix : celle du prince. Mais à quoi ou qui pouvait-il bien s'adresser ?

Elle contempla la porte en regrettant de n'avoir pas le pouvoir de voir à travers le bois. Qu'y avait-il donc dans cette pièce qui justifie un tel mystère ?

Un secret.

C'est pour ça qu'il garde la clé autour du cou. C'est pour ça qu'il vient ici au milieu de la nuit. Et c'est pour ça qu'il le dissimule dans la partie la plus reculée du château. Le roi ne sait rien de tout ça. Personne n'est au courant. Les joues de Cendrillon s'empourprèrent d'excitation. Avait-elle trouvé ce que la fée marraine cherchait ?

Cendrillon resta une heure à grelotter dans le froid et le silence, que seul troublait le bourdonnement indistinct de la voix du prince de l'autre côté de la porte. Lorsque la clé tourna à nouveau dans la serrure, Cendrillon fila se dissimuler dans l'ombre, mais à l'autre extrémité du couloir cette fois-ci. Néanmoins le choix de sa cachette n'eut pas beaucoup d'incidence, tant le prince était perdu dans ses pensées lorsqu'il sortit. Dès qu'il eut refermé, il raccrocha la clé à sa chaîne, glissa celle-ci à l'intérieur de sa chemise, puis repartit en direction des escaliers, sans même remarquer sa fiancée derrière lui.

Cendrillon nota soigneusement le parcours cette fois-ci. Ses nuits de recherche à travers le château avaient aiguisé son sens de l'orientation. À chaque intersection, elle repérait un détail spécifique – une lézarde dans le mur, un tableau. Ils finirent par arriver dans une zone bien plus éclairée, et elle reconnut où elle était.

Elle s'arrêta et laissa le prince la distancer – à coup sûr, il retournait dans sa chambre. Le secret renfermé dans la petite pièce verrouillée avait visiblement satisfait le désir qui l'avait saisi lorsqu'il s'était tenu devant sa porte.

Quelque part, une horloge égrena son carillon, comme pour saluer le retour de Cendrillon dans un monde de chaleur, de lumière et de beauté. Trois coups. Trois heures. Le chasseur devait déjà l'attendre. Son cœur fit une embardée et elle se rua dans l'escalier, ses cheveux roux flottant derrière elle comme une flamme. Peut-être avait-il des nouvelles de Bouton à lui donner ! Au moins avait-elle, elle, une information à lui communiquer.

Elle arriva à la petite porte et l'ouvrit à la volée. Il était là, adossé au mur comme à l'accoutumée.

— Je crois que j'ai trouvé quelque chose ! dit-elle. Il y a une pièce, quelque part dans le château ! Une pièce oubliée ! Et il garde la clé autour du cou. Le prince ! C'est là qu'il se rend chaque nuit. Vous pensez que c'est ça qu'elle cherche ?

Elle sautillait, excitée comme une puce. Il lui fallut un certain temps pour se rendre compte que quelque chose clochait. Le chasseur était certes adossé au mur, mais pas du tout avec son élégante nonchalance habituelle. Tête basse, il tenait un bras serré contre son flanc, sur lequel une tache sombre allait s'élargissant. Cendrillon sentit son estomac se contracter.

— Que s'est-il passé ? demanda-t-elle en sortant, sans se soucier du froid glacial qui mordit ses pieds nus. Vous êtes blessé ?

Le chasseur releva enfin les yeux.

— Ça va aller.

La douleur assombrissait son regard et ses lèvres étaient serrées. Des taches de sang ornaient tout un côté de son visage.

— Non, ça n'a pas l'air.

Sans réfléchir, elle passa un bras du chasseur autour de ses épaules.

— Allez, venez.

Pesant de tout son poids sur elle, il puisa dans ses ultimes forces pour rester debout. Elle lui murmura des encouragements pendant tout le chemin qui les menait jusqu'à sa chambre. Dans la lumière, elle vit que tout un côté de la tunique du chasseur était trempé de sang. Sa peau halée, elle, était devenue livide. Elle refoula les larmes qui, d'un coup, lui étaient montées aux yeux. Le chasseur était toujours là. Il ne pouvait pas mourir. *Il ne peut pas.*

Fort heureusement, c'étaient les petites heures grises du milieu de la nuit. Ils parvinrent sans encombre jusqu'à la chambre de Cendrillon, dont elle se hâta de fermer la porte à clé.

— Je ne devrais pas être ici, marmonna-t-il.

— Taisez-vous, dit-elle. Et retirez-moi cette chemise.

Il lui fit un petit sourire en haussant un sourcil.

— Je ne serai peut-être pas au mieux de ma forme, mais je veux bien essayer.

— Faites ce que je vous dis, répondit-elle en lui jetant un regard noir.

Dans sa poitrine, son cœur avait bondi. Au moins, il n'était pas tout à fait à l'agonie. Oui, il était salement blessé, mais pas en train de trépasser.

Elle prit le grand broc d'eau sur sa table de toilette et remplit une casserole qu'elle alla suspendre au-dessus du feu pour la mettre à chauffer. Ensuite, elle éteignit les lampes et franchit sur la pointe des pieds la porte de communication.

Rose bougea dans son sommeil en marmonnant quelque chose, mais ne se réveilla pas. Aussi silencieusement que possible, Cendrillon fouilla dans ses tiroirs jusqu'à mettre la main sur la trousse de baumes et de bandages qu'elle cherchait. Elle aurait été prête à parier que sa belle-sœur en avait bien apporté une : dans leur ancienne maison, elle avait toujours eu de quoi soigner la petite Cendrillon chaque fois qu'elle tombait, s'écorchait un genou ou se cognait la tête en jouant. Elle remercia silencieusement Rose et regagna sa chambre, sans oublier de refermer derrière elle.

Elle ralluma, mais en réglant la flamme aussi bas que possible pour que le trait de lumière sous la porte n'aille pas réveiller Rose, puis alla chercher l'eau chaude. Le chasseur avait retiré sa chemise dégouttant de sang. Elle distinguait nettement la longue estafilade tout le long de son flanc. La peau était déchirée et les chairs à vif.

Dieu merci, l'entaille ne paraissait pas trop profonde. Elle s'agenouilla et, à l'aide d'une serviette trempée dans l'eau, entreprit de nettoyer doucement le sang sur sa poitrine. Sous la peau tannée par le soleil, ses muscles et ses abdominaux tressaillaient au moindre contact du linge. Le torse du prince était aussi pâle et lisse que celui du chasseur était halé, couturé de cicatrices et recouvert de poils frisés. Cendrillon se demanda ce que l'on pouvait bien éprouver en faisant courir ses doigts dans cette toison et en sentant les muscles jouer en dessous. Elle sentit sa gorge se serrer et une bouffée de chaleur l'envahit soudain – le feu dans la cheminée n'y était pour rien. Elle sentait le regard de l'homme peser sur elle pendant qu'elle nettoyait ses plaies. Entre eux, l'air s'était soudain chargé d'électricité.

— Que s'est-il passé ? demanda-t-elle, poussée par le besoin de dissiper cette étrange atmosphère.

Elle plongea les doigts dans le pot de baume, pour en appliquer sur toute la longueur de la coupure. La peau du chasseur était chaude sous les doigts de Cendrillon. Il gémit et poussa des jurons à voix basse pendant qu'elle s'occupait de lui.

— Ne faites pas l'enfant, dit-elle en relevant la tête pour lui sourire.

Alors, pour la première fois, elle vit combien il était bel homme. Elle ne savait pas ce qu'elle ressentait pour lui – elle ne le connaissait pas du tout, ou presque. Par moments, elle était certaine de ne pas l'apprécier du tout ; pourtant, en cet instant, son cœur battait si fort qu'elle avait l'impression qu'il allait jaillir de sa poitrine. L'envie de sentir ses mains sur elle faisait naître des fourmillements sur toute sa peau.

— Dites-moi ce qui est arrivé, dit-elle en s'essuyant les mains.

— C'est sans importance.

Le chasseur appuya une compresse sur sa blessure et maintint en place l'extrémité d'un bandage pendant que Cendrillon le serrait fermement.

— Tout ce qui compte, poursuivit-il, c'est que votre ami soit sain et sauf. Il est en sécurité dans la forêt.

— Bouton ? s'exclama Cendrillon en levant les yeux vers son visage. Mais comment…

Elle n'acheva pas sa question, perturbée par le souvenir de la blessure sur le flanc du chasseur. Les bords de la plaie étaient tout hachés ; ce n'était pas un couteau ni une épée qui avait fait ça. En revanche, une griffe…

— Vous avez combattu le troll ?

Cendrillon se mit debout, pendant que le chasseur nouait le bout de la bande pour l'empêcher de se défaire. Il se leva à son tour.

— Malheureusement, je ne l'ai pas tué.

— Je ne comprends pas. Comment avez-vous réussi à passer devant les gardes ? Comment…

— C'est sans importance, répéta-t-il.

Ils se tenaient l'un en face de l'autre, si près que l'avant du corsage de Cendrillon touchait presque la peau nue du torse du chasseur.

— Vous l'avez sauvé ?

Elle parvenait à peine à respirer. Elle se sentait dans le même état que sur la terrasse, le soir du bal. Seulement, cette fois, il n'y avait aucune pantoufle enchantée pour souffler sur les braises.

— Vous vouliez que je fasse quelque chose, dit-il d'une voix un peu éraillée.

Les yeux du chasseur scrutaient intensément son visage. Elle sut qu'il éprouvait la même passion qu'elle. Il tendit un bras et glissa une main sur sa nuque ; le contact rugueux fit naître une gerbe d'étincelles dans tout le corps de Cendrillon. Puis il referma ses doigts comme des serres dans ses cheveux et la fit pivoter sur elle-même – si vite qu'elle en resta le souffle coupé. Ils faisaient désormais face au vaste miroir qui couvrait quasiment tout un pan du mur.

— Je veux que tu te voies, murmura-t-il, les lèvres contre son cou.

Il la tenait serrée fermement contre lui. Elle était certaine que s'il la lâchait, ses jambes se déroberaient sous elle.

— Je veux que tu te regardes. Que tu voies la femme que tu es.

Leurs regards étaient rivés l'un à l'autre dans le reflet. Il se pencha pour l'embrasser dans le cou, tandis que d'une main il dénouait les lacets de l'avant de son corsage. Cendrillon gémit et inclina la tête sur le côté. Le souffle du chasseur la caressait, et ses lèvres et sa langue la frôlaient à peine pendant que ses doigts habiles libéraient un téton, pour le titiller ensuite doucement. Ce faisant, ses yeux noirs dissimulés derrière sa mèche de cheveux bruns et doux guettaient ses réactions. Cendrillon se pressa contre lui et sentit dans son dos la fermeté de son excitation ; elle glissa une main derrière elle pour le toucher. Il la saisit par le poignet pour l'empêcher d'atteindre son but, sans cesser de lui sourire dans le miroir.

— Doucement, princesse, murmura-t-il.

— Embrassez-moi, dit-elle en se dégageant de son étreinte pour pivoter entre ses bras.

Sa robe tombait toute seule, dénudant le haut de son corps. Il la regarda un instant, puis avança vers elle, l'obligeant à reculer jusqu'au miroir. Cendrillon noua ses bras autour de la taille du chasseur et fit courir ses doigts le long de sa colonne vertébrale. Elle sentit une longue cicatrice en travers de sa peau, qui ne fit qu'amplifier la sensation au creux de son ventre. Le chasseur n'avait rien d'un prince élevé comme un enfant gâté. C'était un homme qui avait été combattre un monstre parce qu'elle lui avait demandé son aide. Il promena une main sur un sein de Cendrillon, puis remonta jusqu'à son cou pour lui maintenir la tête contre le verre. Leurs lèvres étaient sur le point de se toucher. La chaleur de son souffle et la force qu'il mettait dans son étreinte faillirent bien la faire exploser. Elle s'accrocha à son dos, à l'étrange cicatrice dont le contact attisait encore le feu de son excitation, puis, venue de nulle part, une image lui traversa l'esprit. Celle d'un pelage brun. Et d'un petit museau pointu.

Une cicatrice. Sur le dos. Le troll.

Oh, non. Oh, non. Ce n'est pas possible !

— Un instant.

À la seconde même où les lèvres du chasseur allaient toucher les siennes, elle le repoussa, touchant son flanc bandé au passage. Le geste suffit à lui arracher une grimace.

— Quoi ? Qu'est-ce qu'il y a ?

Elle le fixait intensément tandis que la vérité se faisait jour dans son esprit.

— Vous avez une cicatrice dans le dos.

— Et alors ?

— Comme le rat. Celui que vous m'avez demandé de donner à Bouton.

Non, ce n'était pas possible. Et pourtant, ce rat avait toujours eu un comportement si étrange, à suivre Bouton tout d'abord, puis elle. *Quel rat des champs peut bien faire une chose pareille ?*

Elle brandit un index tremblant sous son nez.

— Vous êtes le rat, n'est-ce pas ? C'est comme ça que vous avez pu arriver jusqu'au troll.

Sans la quitter des yeux, il haussa les épaules.

— Elle m'a jeté un sort. Puis, quand elle a eu besoin de moi, elle l'a à moitié levé. Je suis homme la nuit et rat le jour.

— La fée marraine ? demanda Cendrillon, les yeux écarquillés.

— Si tu veux l'appeler comme ça. Elle est peut-être reine, mais c'est aussi une sacrée garce.

— Mais pourquoi ? Je veux dire… qu'avez-vous fait ? Et…

Des tas de questions se bousculaient dans l'esprit de Cendrillon. Toutefois, le souvenir des jours précédents les engloutit subitement.

— Oh, mon Dieu, souffla-t-elle, incapable de respirer tant l'horreur la saisissait. Vous m'avez vue nue. Vous m'avez regardée dans mon bain, s'exclama-t-elle, les yeux devenus immenses. Je vous ai glissé dans mon corsage! Espèce de salaud!

Elle se retourna, une main plaquée sur la bouche. Un nouveau souvenir lui était revenu. Bouton. Le rat était là quand Bouton et elle...

— Chez nous, dans la cuisine. Vous avez vu... Vous avez regardé...

— Et qu'est-ce que j'étais censé faire? répliqua-t-il, tandis qu'une lueur amusée était en train de s'épanouir dans sa prunelle.

— Fermer les yeux, au minimum. Partir.

— Je suis un homme au sang chaud, dit-il avec un petit sourire en coin exaspérant de séduction. En toute honnêteté, il faisait trop sombre dans ton corsage pour que je voie quoi que ce soit. Mais pour ce qui est du bain et de Bouton, et bien, c'était... extraordinaire... Que pouvais-je bien faire?

Cendrillon laissa échapper un bruit à mi-chemin entre un grognement et un cri, avant de le gifler à la volée.

Ce type était incroyable ! Comment avait-elle pu songer à l'embrasser ? Avait-elle oublié à quel point il l'irritait ? Elle marcha d'un pas rageur jusqu'à la porte et tourna la clé dans la serrure d'une main tremblante.

— Partez, dit-elle. Et rapportez-moi la seconde pantoufle de chez cette sorcière.

— Pour quoi faire ? demanda-t-il en fronçant les sourcils.

— Rapportez-la sans poser de questions. Ensuite, elle aura ce qu'elle veut et nous serons tous les deux libérés de ses manipulations. Et libérés l'un de l'autre, ajouta-t-elle encore en le regardant droit dans les yeux.

— Très bien.

Il marcha vers elle, les mâchoires crispées. Elle n'aurait su dire si c'était à cause de la douleur, de la colère ou du désir, mais elle n'en avait que faire. Il était insupportable. Et rustre avec ça. *Mais où avais-je la tête ?* Elle avait été sur le point de l'embrasser ! Il s'arrêta dans l'embrasure, et malgré elle, Cendrillon sentit son cœur s'emballer.

— Si c'est ce que tu veux, dit-il. Mais la prochaine fois que tu as quelqu'un à tirer des griffes d'un troll, débrouille-toi toute seule.

Elle le poussa à l'extérieur, puis referma à double tour. La respiration saccadée tant elle était en colère, elle alla se jeter sur son lit, comme quand elle était adolescente. La honte lui donnait envie de pleurer. Comment avait-il pu rester sur le bord de son cuveau à la regarder faire ça ? Oh, comme il avait dû rire d'elle. *Quelle idiote !* Elle frappa l'oreiller, avant d'y enfouir son visage. Elle le détestait. De tout son cœur…

10

ELLE ALLAIT EN FINIR UNE BONNE FOIS POUR TOUTES...

Une fois n'était pas coutume, elle avait recouvert les miroirs afin d'être parfaitement au calme et de pouvoir réfléchir. De toute façon, il n'y avait rien à voir dans les reflets magiques. La glace noire et les congères de neige sale recouvraient les routes. De temps à autre, un artisan se hâtait vers son travail – un boulanger ou un boucher bien décidé à continuer à travailler comme il le pouvait. Il allait bientôt falloir qu'elle lève ce sortilège d'hiver perpétuel, mais il venait d'un recoin de son âme qui avait une vie propre, bien difficile à contrôler. Pourtant, il fallait bien que le peuple puisse se nourrir. Pour obtenir des céréales auprès des autres pays, sa seule monnaie d'échange était le minerai que les nains épuisés parvenaient à extraire de la terre. Le royaume – son royaume – devait redevenir prospère, et c'était à elle de prendre les mesures qui s'imposaient. Cependant, elle n'arrivait pas à faire fondre la glace qui était en elle. Alors comment était-elle censée sauver le pays ?

Les choses allaient peut-être bientôt changer. Peut-être même étaient-elles déjà en train de changer. Au dehors, l'aube pointait à l'horizon, et le ciel passait du noir au bleu, avec des touches de pourpre. Pour une fois, il n'y avait pas de gros nuages amoncelés dans le ciel, comme si les frémissements d'excitation qu'elle avait ressentis les avaient déjà balayés. Elle but encore du vin, les yeux dans le vague. Elle savait qu'elle devait se préparer à une déception, mais elle ne parvenait pas à ignorer la chaleur au creux de son ventre. Son cœur lui martelait les côtes. C'était ainsi depuis des heures. Depuis l'arrivée du chasseur, transi et épuisé, venu lui réclamer la seconde pantoufle. Il était blessé, mais avait refusé d'en expliquer la cause. Il avait même décliné sa proposition de le soigner. Il avait expliqué avoir été bandé d'une façon satisfaisante, par des mains meilleures que toutes celles qu'elle pourrait lui proposer. Elle n'avait pas discuté. Il faudrait bien plus qu'une blessure de ce genre pour venir à bout du chasseur.

La pantoufle.

La fille voulait la pantoufle. La nouvelle avait tétanisé Lilith – l'espace d'un instant, tous les serviteurs du château avaient frissonné, comme saisis soudain d'un pressentiment terrible et mystérieux. D'après le chasseur, Cendrillon n'avait rien dit de ses intentions ; elle avait simplement annoncé avoir découvert une pièce secrète, dont le prince avait la clé. La nouvelle avait fait sourire la reine. La fille n'avait pas tardé à comprendre que lorsqu'on cherche une chose cachée, mieux vaut chercher d'abord quelqu'un qui cache quelque chose. Apparemment, son prince charmant n'avait pas réussi à l'aimer bien longtemps.

Elle remit au chasseur la seconde pantoufle, puis leva le sort suffisamment longtemps pour lui permettre de s'en retourner d'où il venait. Il lui restait encore vingt-quatre heures à passer dans la peau d'un homme, avant de redevenir un rat. Pour toujours. Mais ça, c'était son problème à lui.

Les minutes s'écoulaient toujours aussi lentement. Elle se demanda où il en était de son voyage. Elle se demanda aussi ce qui allait se passer quand Cendrillon aurait la seconde pantoufle et qu'elle entrerait dans la pièce fermée. Mais plus que tout, elle se demanda si tout cela pouvait vraiment être le terme, l'aboutissement de sa longue quête. Incapable de rester en place, elle se leva et passa dans l'antichambre, un peu mieux chauffée. Tous ses trésors étaient là. Elle avait espéré ressentir le réconfort qu'ils lui apportaient d'ordinaire, mais rien ne vint. Dans un coin de la pièce, une porte grinça.

— *Elle est vraiment la plus belle de tout le royaume...*

Elle n'essaya même pas de faire taire ce maudit miroir. C'était inutile. À la place, elle posa son verre de vin pour se diriger, d'un pas décidé comme cela ne lui était plus arrivé depuis longtemps, vers l'escalier qui plongeait au cœur du château. Elle allait les attendre à la lisière du royaume. Ce serait plus sûr ainsi, selon l'évolution de la situation. De toute façon, il était grand temps qu'elle sorte un peu. Et si la copine du chasseur avait réellement mis la main sur le trophée, après tout ce temps, alors elle allait en finir une bonne fois pour toutes.

Il faisait froid, mais ce jour-là, pour la première fois depuis bien longtemps, le ciel était dégagé et le soleil brillait sur le royaume, tandis que la reine impitoyable chevauchait dans la forêt.

11

JE PEUX ME DÉBROUILLER TOUTE SEULE…

L'après-midi touchait à sa fin lorsque Cendrillon tomba sur Rose dans le couloir au pied des escaliers. Elle venait de refaire le chemin parcouru au cours de la nuit précédente en laissant des repères tracés à la craie le long des murs, afin d'être sûre de retrouver sa route.

— Je te cherchais partout, dit Rose, les sourcils froncés. Tu as manqué le déjeuner avec nos parents. Ils se font du souci pour toi.

Elle avait troqué sa canne de bois contre une autre en argent, mais elle s'appuyait à peine dessus. Le roi avait fait quérir les meilleurs cordonniers du pays, et ceux-ci avaient travaillé d'arrache-pied pour confectionner une splendide paire de chaussures à même de compenser le déséquilibre de Rose. Pour autant, Cendrillon éprouvait toujours une pointe de culpabilité chaque fois qu'elle voyait sa belle-sœur. Si elle n'avait pas été aussi aveugle et égoïste, ce serait Rose qui serait en train de préparer son mariage. Sa famille serait à l'abri du besoin et elle-même serait libre.

— Je suis désolée, répondit-elle en s'efforçant, l'air de rien, d'écarter Rose de l'escalier. J'ai oublié. Comment vont-ils ?

— Ils vont bien. Étonnamment bien. Je crois que ce qui est arrivé à mon pied… Disons que cela a considérablement aidé à calmer ma mère, dit-elle avec un sourire. Entendons-nous bien, elle est ravie d'être à la cour, mais je crois que le retour de père à la tête du journal l'excite encore plus.

Cendrillon eut un sourire un peu absent ; son esprit était tout entier tourné vers d'autres préoccupations. *À quelle heure le chasseur va-t-il revenir ? Aura-t-il la pantoufle ? Oh ! qu'il me tarde de découvrir ce que le prince cache derrière sa porte fermée !*

— Au fait, dit-elle en baissant la voix jusqu'au murmure, je crois que Bouton est tiré d'affaire. Il se cache dans la forêt.

— Comment le sais-tu ? demanda Rose en écarquillant les yeux. Tu es sûre de ce que tu dis ?

— Oui, mon ami me l'a dit.

Et quel ami. Cendrillon sentait encore l'aiguillon de la honte quand elle songeait à tout ce qu'elle avait effrontément fait devant lui. Tout ce qu'elle pouvait espérer, c'était que les rats n'aient pas une très bonne vue.

Elle se mit en route. Quelles que soient les activités secrètes auxquelles elle se livrait, elle savait qu'un professeur l'attendait actuellement dans la salle de musique, bien décidé à tirer une mélodie acceptable de ses doigts passablement rétifs. Ensuite, elle aurait droit à une autre leçon, sur l'art de réciter la poésie cette fois. Elle avait découvert que ces deux activités l'ennuyaient à mourir. La vie d'une noble n'était pas cette existence d'amour et de rires partagés qu'elle avait imaginée.

— Cendrillon.

— Quoi ? répondit la jeune femme en se retournant.

— Qu'est-ce qui se passe ? Je sais que tu dois te sentir submergée par toute l'agitation que suscite la préparation du mariage, mais qu'essaies-tu de me cacher ? demanda Rose, une main sur la hanche. Je suis passée dans ta chambre et j'ai vu du sang sur ton tapis. Et tu as fouillé dans ma petite trousse de soins.

— Ne va pas dans ma chambre ! aboya Cendrillon, les joues subitement brûlantes.

Elle n'avait même pas pensé à regarder si le chasseur avait laissé derrière lui des traces de sang. Il l'avait mise dans une telle colère qu'elle en avait perdu le sens commun. Elle allait devoir prendre un moment pour nettoyer tout ça. Ses servantes ne diraient rien, mais mieux valait encore prévenir que guérir.

— Je m'inquiète, c'est tout, répondit Rose avec un mouvement de recul.

— Excuse-moi, dit Cendrillon.

Elle n'avait pas eu l'intention de contrarier Rose. Elle lui avait déjà causé bien assez de tort.

— Excuse-moi, reprit-elle, je ne voulais pas me montrer si désagréable. Mais tout va bien. Promis.

Rose ne répondit rien, mais sa mine restait suspicieuse. Cendrillon tourna les talons pour s'éloigner rapidement, ne laissant pas à sa belle-sœur le temps de poser d'autres questions. Elle ne voulait pas avoir à mentir si elle pouvait l'éviter, mais elle ne voulait pas non plus impliquer Rose. C'était son problème, et elle entendait bien le régler toute seule. Elle allait faire exactement ce qu'il fallait pour pénétrer dans cette pièce. De toute façon, comme elle allait épouser le prince, ce qu'elle projetait de faire arriverait bien à un moment ou à un autre. *D'ailleurs, il n'y a pas si longtemps, j'aurais donné n'importe quoi pour un tête-à-tête avec lui.* Pourtant, cette perspective lui nouait à présent l'estomac. Tout semblait parfait en théorie, mais qu'en serait-il dans la pratique ? Elle repoussa ses inquiétudes dans un coin de son esprit. Si le chasseur ne rapportait pas la pantoufle, elle aurait échafaudé son plan en pure perte.

Il arriva alors qu'elle était en train de se préparer pour le dîner. Elle s'était coiffée de la même manière que le soir du bal ; son visage était poudré et ses lèvres soulignées d'une touche de rouge. Elle en était à se parfumer lorsqu'il frappa à la porte. Cendrillon passa un peignoir et alla ouvrir. Quand elle le découvrit devant elle sur le seuil, elle sentit son visage s'empourprer et son cœur se mettre à battre follement. Elle releva le menton : il n'y avait rien dont elle devait avoir honte. C'était à lui de se sentir gêné.

— Où avez-vous déniché ça ? demanda-t-elle en détaillant la livrée de valet qu'il portait.

— Ne t'inquiète pas, personne n'a été blessé, répondit-il en entrant. Simplement, les hommes devraient se montrer plus prudents quand ils retirent leur tenue dans une taverne pour aller s'amuser avec une femme au corps chaud.

— Vous l'avez ? demanda-t-elle.

Il brandit le sac qu'il tenait à la main puis grimaça – à l'évidence, sa blessure le faisait toujours souffrir. La colère de Cendrillon s'atténua.

— Vous ne voulez pas vous asseoir ? dit-elle en désignant le fauteuil d'un signe de tête.

Il suivit son conseil et ouvrit le sac pour en tirer la pantoufle de diamant.

—On dirait que tu t'apprêtes à partir au combat, dit-il en la détaillant.

—Au combat ?

—Avec toutes ces peintures de guerre.

—Seriez-vous en train de m'insulter ?

De nouveau, la colère s'emparait d'elle. Pourquoi la mettait-il dans cet état ? Il avait risqué sa vie pour sauver Bouton simplement parce qu'elle le lui avait demandé, mais en même temps, il était tellement exaspérant. Son regard la mettait sur des charbons ardents. *Pourquoi ?*

—Non, tu es magnifique, répondit-il. C'est juste que je m'interroge sur ces efforts que tu fais pour le dîner. Qu'est-ce que tu comptes faire avec cette pantoufle ?

Cendrillon s'assit devant sa coiffeuse en lui tournant le dos. C'était plus simple comme ça.

—Je sais où est l'autre, expliqua-t-elle en refermant un collier de diamant autour de son cou. Et j'ai besoin de récupérer la clé.

—Celle qu'il garde à une chaîne autour de son cou, sous sa chemise, compléta le chasseur d'un ton sec.

—C'est ça, confirma Cendrillon en se raidissant.

Il y eut un long silence.

—Je vois, dit-il enfin.

— J'attendrai qu'il s'endorme et je subtiliserai la clé. Ensuite, nous pourrons entrer dans cette pièce, y récupérer ce qui y est caché, et tout sera fini.

Elle avait esquivé le point principal de son plan. Pourquoi en était-elle aussi gênée – et même, en toute honnêteté, aussi effrayée ?

— Tu as tout prévu à ce que je vois, dit le chasseur.

— Oui, répondit-elle, la gorge nouée. Et maintenant, partez. Je dois m'habiller.

— À quoi bon ? demanda-t-il en se relevant. On dirait bien que les vêtements ne font pas partie de ton plan.

Ses paroles la piquèrent au vif, mais elle ne se retourna pas tandis qu'il s'éloignait vers la porte en claudiquant.

— Mais tant que tu sais ce que tu fais…, poursuivit-il. Après tout, ce ne sont pas mes affaires.

— Je peux me débrouiller toute seule, dit-elle.

Ses yeux s'embuèrent soudain de larmes brûlantes. Comment voulait-il qu'elle fasse pour emprunter la clé et la remettre ensuite à sa place sans se faire remarquer ? Quel autre moyen y avait-il ? De toute façon, n'allait-elle pas l'épouser ? Ce n'était pas… et bien, pas comme les choses que font les filles dans les tavernes – ces filles avec lesquelles le chasseur devait passer tout son temps.

— Je te prends au mot, dit-il en refermant la porte.

Il était parti. Cendrillon contempla son reflet dans le miroir. Un véritable torrent d'émotions – de la colère, de la tristesse, et aussi un petit quelque chose qu'elle n'arrivait pas à identifier – s'abattit alors sur elle. Pendant plusieurs minutes, elle resta là à trembler de tout son corps.

Des peintures de guerre. Oui, peut-être bien. Elle reconnaissait à peine la femme en face d'elle. Une dame de la cour aux cheveux coiffés et laqués et au visage maquillé. *Au fond*, songea-t-elle, *c'est aussi bien que je sois une autre ce soir. Ce sera peut-être plus simple.* Elle ôta son peignoir pour passer une longue robe verte. Ainsi, personne ne verrait qu'elle portait deux chaussures dépareillées.

Son pied se glissa sans le moindre effort dans la pantoufle chaude et accueillante, exactement comme elle l'avait prévu. À son autre pied, elle portait une chaussure différente mais dotée d'un talon de même hauteur. Elle était prête. Son cœur battait à tout rompre. Il était trop tard pour reculer, désormais.

Même avec une seule pantoufle, Cendrillon sentit les effets de la magie au dîner. Au lieu de jeter sur elle un simple regard teinté d'ennui, le prince fronça un sourcil et sourit. Ensuite, il fit le tour de la table pour venir, fort galamment, tirer sa chaise pour elle.

— Merci, dit-elle.

Il se pencha pour lui parler doucement à l'oreille, son souffle caressant la nuque de la jeune femme :

— Vous êtes très en beauté ce soir.

Elle sourit. Lorsqu'il prit place en face d'elle, elle leva son verre et ils trinquèrent. Elle s'abstint toutefois de boire, alors même qu'elle soupirait après le surcroît de courage qu'apportait le vin. Elle devait à tout prix garder la tête froide. Pour sa part, le prince but de bon cœur.

Attentif et prévenant, il lui fit la conversation tout au long du repas, lui demandant des nouvelles de ses cours de chant et lui répétant combien il était impatient d'arriver au jour de leur mariage. C'était exactement ce qu'elle aurait voulu entendre le jour de son arrivée au château. À présent, même si elle ponctuait judicieusement leur bavardage de rires et de sourires, toutes ces fadaises l'ennuyaient profondément. Le prince lui-même l'ennuyait. Elle songea à son portrait accroché au mur de sa chambrette, et à ses fantasmes d'alors. Ce soir-là, tandis qu'il lui parlait de chasse, de ses amis et des bals qui allaient être organisés en leur honneur, elle prit conscience que sa personnalité avait à peu près autant d'épaisseur que la peinture sur la toile.

Le roi et la reine souriaient avec des mines approbatrices – et un peu surprises au demeurant. Soudain, leur fils trouvait de nouveau à son goût cette fiancée bien mal choisie. Lorsque le dîner toucha à sa fin, le roi suggéra au prince de raccompagner sa promise jusqu'à ses appartements. Il n'y trouva rien à redire, et le jeune couple s'en fut, bras dessus, bras dessous.

— Je me demandais, Altesse, dit Cendrillon, le cœur si affolé dans sa poitrine qu'elle était sûre qu'il l'entendait battre, auriez-vous encore ma pantoufle, celle que je portais au bal ? Je voudrais bien les essayer avec une nouvelle robe.

— Bien sûr, répondit-il en baissant la tête pour lui sourire. Elle est dans mes appartements. Nous pouvons y aller, si vous voulez.

Elle accepta d'un hochement de tête, le cœur soudain au bord des lèvres. Elle ne pouvait plus reculer. Pourquoi se sentait-elle si nerveuse ? Après tout, il était séduisant. Et elle le désirait depuis si longtemps ! Lorsqu'elle aurait l'autre pantoufle à son pied, la passion qu'elle avait ressentie au bal lui reviendrait peut-être. *Et si je les garde aux pieds à jamais, peut-être m'adorera-t-il toujours. Peut-être vivrons-nous heureux et aurons-nous beaucoup d'enfants.* C'était une pensée bien vaine. *Qui voudrait d'un amour ensorcelé ? Pas moi en tout cas.* Même avant le bal, elle n'en aurait pas voulu. Elle avait simplement cru qu'ils tomberaient amoureux l'un de l'autre si l'occasion se présentait. Comme si l'amour était docile et qu'un joli minois pouvait suffire à le faire naître. Elle comprit qu'elle n'éprouvait rien pour lui – ce qui, en un sens, était encore pire que de le haïr.

Ses talons dépareillés résonnaient dans le couloir tandis qu'ils approchaient des appartements princiers. Le prince, qui avait passé un bras autour de sa taille, la serra un peu plus près – une marque d'affection tout à fait inédite depuis son installation au château. À voix basse, il lui parlait de leur avenir, mais Cendrillon n'entendait pas, la tête pleine du fracas du sang qui lui battait aux tempes.

Devant la porte du prince, un valet était occupé à faire briller les accoudoirs d'argent d'un fauteuil d'apparat. Cendrillon éprouva un besoin subit et irrépressible de lui parler, ne serait-ce que pour repousser l'instant où ils allaient entrer dans cette chambre. Elle se mordit l'intérieur des joues pour n'en rien faire. À quoi bon chercher à différer ? Elle avait besoin de cette clé pour découvrir ce que cachait la pièce secrète. Retarder l'inéluctable ne servirait à rien. Au moins, le prince paraissait un peu grisé par le vin. Si tout allait bien, il ne tarderait pas à s'endormir.

Elle prit une profonde inspiration et redressa les épaules. Elle n'était plus une petite fille ; il était temps qu'elle se comporte en femme. Elle s'était fourrée toute seule dans cette histoire, et c'était désormais à elle de s'en sortir.

L'effet fut quasiment immédiat. Le prince récupéra la chaussure au sommet de l'armoire, et dès qu'elle l'eut mise à son pied, elle vit l'expression de son visage changer. Dans la douce lumière de la pièce, ses yeux se mirent à luire.

— Comment ai-je pu oublier à quel point vous étiez belle ? dit-il doucement, plus pour lui-même que pour elle.

Il s'avança vers elle. Cendrillon sentait son cœur battre à tout rompre dans sa poitrine, tandis que le prince faisait glisser ses mains sur ses hanches pour l'attirer et la serrer fort contre lui. Elle avait l'impression de ne plus pouvoir respirer. Elle leva une main et la posa sur le bras de son fiancé. Elle sentit les muscles sous ses doigts. Le torse du prince était large et puissant. Elle pouvait respirer les effluves parfumés de son eau de toilette et de la chaleur de son corps. Deux boutons du col de sa chemise blanche étaient défaits ; elle voyait un triangle de peau nue, pâle et lisse, exempte du moindre poil. Soudain, elle eut envie de se mettre à pleurer.

— Oh, Cendrillon, dit-il dans un souffle en glissant les doigts dans ses cheveux pour lui incliner la tête en arrière.

C'était exactement le même geste que celui qu'avait eu le chasseur, mais cette fois-ci, elle ne ressentit rien.

Le prince se pencha et posa ses lèvres sur celles de Cendrillon – doucement tout d'abord, puis plus fermement, à mesure que la tension montait en lui.

Les épaules de Cendrillon se raidirent. Elle attendait la bouffée de passion, telle que celle qu'elle avait connue sur la terrasse, mais rien ne vint. Au lieu de cela, elle commença à se tortiller entre ses bras, à détourner la tête et à tout faire pour fuir son étreinte. Il la serra encore plus fort, convaincu que les mouvements de sa fiancée trahissaient une réelle excitation. Le prince était tout à son désir ; son souffle se faisait court.

— Non, attendez…, commença-t-elle, à la seconde même où il se détacha d'elle pour respirer.

Mais il reposa aussitôt la bouche sur la sienne pour l'embrasser avec toujours plus de ferveur. D'une main, il entreprit de dénouer les lacets de son corsage, tout en la poussant vers le lit.

— Non, nous ne devrions… Je ne…

Il ne l'écoutait pas. Il la poussa sur le lit et tomba sur elle, en s'attaquant désormais à son propre pantalon. Il marmonnait dans sa barbe – de petites choses aimables à n'en pas douter, mais Cendrillon n'avait aucune envie de les entendre. Elle n'avait plus rien à faire de la clé et de la pièce secrète. Elle voulait juste échapper à ces bras avides, fuir et ne jamais plus se retourner. Elle essaya de le repousser, mais il lui attrapa les bras et les tint d'une main, tandis que sa bouche descendait vers son cou et ses seins. Il glissait déjà son autre main sous sa robe. Il émit un grognement satisfait lorsque ses doigts trouvèrent le chemin de ses cuisses.

— Non, s'il vous plaît, arrêtez…, dit encore une fois Cendrillon.

Elle sentait des sanglots lui monter dans la gorge. Ce n'était pas ça qu'elle voulait. Cela n'avait rien à voir avec ce qu'elle avait imaginé. Avec l'énergie du désespoir, elle tenta de se défaire de ses pantoufles enchantées, malheureusement bien trop ajustées. Les yeux clos, elle tâcha de se réfugier à l'intérieur d'elle-même, pendant que son corps continuait de lutter. La main du prince remontait toujours plus haut, repoussant sa robe et ses jupons…

Puis le poids qui était sur elle s'envola. Quelqu'un venait d'arracher le prince du lit avec un grognement. Le futur roi poussa un cri de surprise. Cendrillon releva la tête, les yeux troubles.

— Comment oses-tu ? cracha le prince au valet qui lui faisait face au pied du lit.

Sans un mot, le serviteur lui envoya un coup-de-poing au visage, et le prince tituba en arrière.

— Merde, lâcha le valet en grimaçant de douleur, une main contre son flanc.

Puis il frappa de nouveau le prince qui revenait à la charge, l'envoyant au sol, les deux mains accrochées à sa mâchoire.

Cendrillon écarquilla les yeux : ce n'était pas un serviteur ordinaire. C'était le chasseur. *Mon chasseur*. Elle se remit tant bien que mal sur pieds et, sans même se soucier de l'état de sa robe, elle se jeta à son cou. Il chancela un peu en glissant un bras autour de sa taille.

— Merci, dit-elle en levant les yeux vers lui.

Sa peau était rêche. Il dégageait un parfum de grand air et de forêt. Cendrillon sentit une grosse bouffée de chaleur l'envahir.

— Je t'en prie, répondit-il en baissant les yeux sur elle. Mais juste pour information, ce plan était vraiment pourri.

— Toi ! s'exclama le prince en se relevant, la lèvre sanguinolente. Je croyais que tu étais mort.

Son visage était tout rouge d'excitation et de colère mêlées.

— Tu n'as jamais pris la peine de t'en assurer, répliqua le chasseur.

Les yeux de Cendrillon allaient de l'un à l'autre.

— Vous vous connaissez ?

— Je te raconterai ça une autre fois, dit le chasseur en tirant un couteau de l'intérieur de sa veste. Et maintenant, je crois qu'on va prendre la clé que tu gardes autour de ton cou.

—Vous ne vous en tirerez pas comme ça, siffla le prince. Ma chérie, poursuivit-il en se tournant vers Cendrillon, écartez-vous de cet homme. Je vous aime. Je...

—Oh, enlève donc ces foutues chaussures, dit le chasseur à Cendrillon. On n'arrivera à rien tant que tu les auras aux pieds.

La jeune femme s'exécuta, et l'expression sur le visage du prince disparut sur-le-champ. Perdu et confus, il la regarda comme s'il ne l'avait jamais vue.

—Que voulez-vous ? demanda-t-il. Que se passe-t-il ?

—À toi de nous dire, dit le chasseur, en ordonnant d'un geste à Cendrillon d'attacher les mains du prince dans son dos.

La jeune femme dénicha dans la garde-robe princière une cravate de soie grise, dont elle se servit pour lui entraver les poignets. Puis elle lui retira la chaîne qu'il portait autour du cou. La clé en or étincela dans la lumière.

—Je l'ai, dit-elle en souriant.

—Vous ne pouvez pas aller dans cette pièce, gronda le prince, le visage sombre. Personne ne sait ce qu'il y a là-bas. Ça m'appartient. C'est confidentiel.

—Oh, je crois que j'ai une idée assez précise de ce dont il s'agit, répliqua le chasseur en attrapant le prince par le bras et en lui appliquant la pointe de son couteau juste en dessous des côtes. C'est peut-être confidentiel, mais ça ne t'appartient pas.

— Tu auras droit à la Route du troll pour ça, cracha le prince. Tu…

Cendrillon lui fourra un gant de toilette roulé en boule dans la bouche, et ses jérémiades se transformèrent *illico* en simples gémissements étouffés.

— Voilà qui est mieux, dit-elle en souriant au chasseur. On continue ?

Elle ramassa ses pantoufles de diamant et s'approcha de la porte pour jeter un coup d'œil à la ronde. Personne en vue dans les couloirs.

Évidemment, avec un poignard pointé sur ses organes vitaux, le prince n'opposa aucune résistance et suivit bien docilement Cendrillon et le chasseur. Ils passèrent devant les appartements de la jeune femme sur la pointe des pieds, puis s'enfoncèrent dans le cœur sombre et silencieux du château. Bien vite, ils attaquèrent l'ascension de l'escalier en colimaçon où soufflait un courant d'air glacé. La lune était masquée, aussi les marches n'étaient-elles que des formes fantomatiques sous leurs pieds. Le cœur de Cendrillon battait la chamade. Les questions se bousculaient dans sa tête. *Comment le chasseur et le prince peuvent-ils se connaître ? Que sait exactement le chasseur au sujet de ce qui se trouve dans la chambre secrète ? Et pourquoi la fée marraine désire-t-elle tant cette chose?* Et puis, en plus de ces mystères dont la résolution semblait imminente, Cendrillon se demandait comment elle allait faire pour échapper à la vie qui l'attendait aux côtés de cet homme odieux qui pleurnichait dans son bâillon, le nez plein de morve.

Ses interrogations s'évanouirent à l'instant où le chasseur se figea, juste à l'angle du dernier couloir. Il leva une main et elle s'immobilisa à son tour. Tout en sondant la pénombre chargée de relents d'humidité et de moisi, Cendrillon sentit ses cheveux se dresser sur sa tête. Inutile de demander ce qui n'allait pas – elle le percevait elle aussi. Ils n'étaient pas seuls. À côté d'elle, le chasseur était tendu comme un ressort, prêt à bondir. Du fond du couloir obscur leur parvint alors le bruit cristallin d'un objet en argent frappant la pierre.

— Je me demandais quand vous alliez arriver.

— Rose ? dit Cendrillon, incrédule. Que fais-tu ici ?

— J'ai suivi les repères que tu as laissés, répondit sa belle-sœur en venant à eux. J'ai pensé que quelque chose d'étrange se tramait et que tu aurais peut-être besoin d'aide.

Elle posa sa canne contre le mur et alluma la petite lampe qu'elle tenait à la main. Elle la leva bien haut, jetant une flaque de lumière jaune sur les trois silhouettes devant elle, puis haussa un sourcil.

— J'avais au moins raison sur le premier point, dit-elle, avant d'exécuter une rapide révérence. Votre Altesse.

Elle se tourna ensuite vers Cendrillon.

— Tu pourrais m'expliquer ce qui se passe ?

Le prince la considéra avec stupeur, puis ses geignements se firent plus bruyants et indignés encore.

— C'est une longue histoire, répondit Cendrillon. Il cache dans cette pièce une chose dont nous avons besoin.

— Allez, dit le chasseur en poussant le prince. Finissons-en.

Rose souleva la lampe pendant que Cendrillon approchait la clé.

— Tu es bien certaine de vouloir faire ça, petite sœur ? demanda Rose. Tu es sur le point de devenir une princesse royale. Parfois, il faut savoir détourner les yeux pour regarder ailleurs.

— Je ne peux pas regarder ailleurs, répondit Cendrillon en secouant la tête. De plus, il n'est vraiment pas dit que je devienne un jour princesse.

Le simple fait de prononcer ces paroles à voix haute lui fit du bien – comme si le poids qui pesait sur ses épaules et l'enfonçait petit à petit dans les fondations du château venait soudain de s'envoler.

— Oh, Cendrillon, dit Rose. Tu as vraiment l'art de te compliquer la vie. Allez, ouvre cette porte.

Et Cendrillon l'ouvrit.

12

IL FAUT QU'IL Y AIT UN MARIAGE...

Pendant un instant, Cendrillon fut incapable de respirer. Elle s'était attendue à ce que la pièce soit aussi poussiéreuse et sale que le reste de cette partie du château, mais au contraire, tout étincelait. Au sol s'étendait une mosaïque représentant des dragons en train de voler dans un ciel d'été. Au plafond, un lustre de rubis, d'émeraudes et de diamants brillait de mille feux. Des tentures de velours rouge masquaient les fenêtres et, dans un angle, une table était couverte de bouteilles de vin, auxquelles un gobelet d'argent tenait compagnie. De l'autre côté de la pièce, une chaise longue bleu et or, avec des coussins à la tête et au pied, indiquait qu'une personne soucieuse de son confort venait passer du temps ici.

C'était toutefois ce qui se trouvait au centre de cette pièce que Cendrillon ne parvenait pas à quitter des yeux.

— Je ne savais pas à quoi m'attendre, dit Rose, mais certainement pas à ça.

Un cercueil de verre était posé sur un catafalque érigé au milieu de la pièce. À l'intérieur, parfaitement immobile, une jeune beauté brune était allongée, vêtue d'une robe rose. Ses joues avaient un teint de pêche et ses lèvres étaient bien rouges. Cendrillon se pencha sur elle. La gisante avait les yeux violets les plus extraordinaires qu'on puisse imaginer. Vides de toute expression, ils semblaient contempler le plafond.

— Blanche-Neige, dit le chasseur. Je le savais.

Cendrillon se tourna vers lui.

— Vous savez qui c'est ?

— Nous... nous avons eu l'occasion de faire connaissance.

— Connaissance ?

Il y avait quelque chose dans la voix du chasseur qui alluma en elle les braises de la jalousie.

— Qu'est-ce que vous entendez par « faire connaissance » ?

— Et il se trouve que j'ai aussi fait connaissance de sa belle-mère, ajouta-t-il en souriant.

Les yeux du chasseur pétillaient. Cendrillon se rendit compte que sa réaction lui faisait plaisir.

— Il faut dire, poursuivit-il, que j'étais plutôt heureux d'être en vie. Et qu'il est bien difficile de leur résister.

Il lui adressa un clin d'œil, et Cendrillon faillit bien se mettre à grogner. Néanmoins, elle parvint à se contenir – pourtant, Dieu qu'il était exaspérant ! C'était donc à cela qu'il résumait ses moments d'intimité ? À des trophées qu'il ajoutait à son tableau de chasse ?

— Tu as couché avec elle ? s'écria le prince en crachant son bâillon. Toi ?

Le regard du prince allait du chasseur à Cendrillon.

— Et avec elle aussi ? demanda-t-il.

— Pas encore, mais j'y travaille.

— Compte là-dessus, marmonna Cendrillon.

La jeune femme dans le cercueil était vraiment magnifique. Elle donnait l'impression d'être en train de dormir, bien que ce soit tout bonnement impossible.

— Si on pouvait s'intéresser un peu moins à qui a couché avec qui, pour se concentrer un peu plus sur ce qui se passe ici, je crois que nous progresserions vers une véritable solution, dit Rose en se servant un verre de vin. Je suppose que tout cela est lié au moyen que tu as trouvé pour venir au bal des prétendantes, vêtue d'une robe que tu n'avais certainement pas les moyens d'acheter.

— J'ai passé un accord idiot…, commença Cendrillon. Je regrette tellement qu'elle m'ait donné ces pantoufles…

— C'est cette reine, dit le chasseur en couvrant la voix de la jeune femme. Le prince m'a abandonné, et elle a voulu que je tue cette fille. Je ne l'ai pas fait, alors elle m'a jeté un sort, mais…

— Je peux tout expliquer, dit le prince à son tour.

— Silence ! ordonna Rose en levant la main.

Cendrillon se tut et, à sa grande surprise, le chasseur en fit autant. Rose avait toujours été douée pour faire preuve d'autorité.

— Pas de détails inutiles, poursuivit-elle. D'ailleurs, je ne suis même pas sûre de vouloir les connaître. Est-ce qu'elle est morte ? demanda-t-elle au prince en désignant Blanche-Neige.

— Non, répondit-il en secouant la tête comme un enfant réprimandé.

Cendrillon se demanda comment elle avait pu penser un seul instant qu'il était l'élu de son cœur. Il était charmant et séduisant, mais c'était une telle chiffe molle ! Elle observa la fille dans le cercueil. *Et il est un peu dérangé, aussi.*

— Elle est juste ensorcelée.

— « Juste », marmonna le chasseur.

— Je suppose que le roi ignore sa présence ici, poursuivit Rose.

Le prince confirma d'un signe de tête.

— Il ne comprendrait pas. Je ne fais rien avec elle. Simplement, j'aime lui parler. C'est tout, expliqua-t-il, comme s'il s'agissait de la chose la plus naturelle au monde. Elle est tellement parfaite comme ça. Elle m'écoute.

Il se tourna vers Rose, comme si elle était la seule personne à même de le comprendre.

— Je ne faisais de mal à personne. Du moins, jusqu'à ce qu'il revienne, poursuivit-il en jetant un regard noir au chasseur. Je te ferai arrêter pour ça. La Route du troll sera encore trop douce pour toi. Je te pendrai aux remparts du château et j'y laisserai pourrir ton corps.

Un rictus lui déformait le visage. Son regard était atrocement froid.

— Et en échange, répliqua le chasseur en s'adossant nonchalamment au mur, je raconterai à ton père et à tous ceux qui voudront l'entendre ce qui est arrivé à ton autre beauté.

Les yeux du prince s'agrandirent démesurément. Cendrillon aurait aimé comprendre quelque chose à ce qu'ils racontaient. *Quelle autre beauté ? Une autre jeune femme que celle dans le cercueil de verre ?* Elle la regarda une nouvelle fois. Mais qui était cette Blanche-Neige ? Elle aperçut un éclat doré et fronça les sourcils.

— Elle porte une alliance, dit-elle en désignant la main gauche de la jeune fille immobile. Elle est mariée.

La vérité la gifla comme une rafale de vent d'hiver. Elle se tourna vers le prince, la bouche ouverte.

— C'est votre femme ?

— Ce n'est pas possible, dit le chasseur. Aucun prêtre n'accepterait de marier une femme dans cet état. Peu importe qui le lui demande…

Il se tut un instant, avant de se tourner vers le prince.

— Espèce de salaud, dit-il. Je savais que tu n'étais qu'un minable enfant gâté, mais ça, franchement ?

Dans sa voix semblait résonner le grondement de tous les prédateurs de la forêt. Il marcha sur le prince, qui alla se réfugier derrière Rose.

— Tu l'as épousée, puis tu lui as fait ça ?

— Ça ne s'est pas passé comme ça, dit le prince.

Au son de sa voix, Cendrillon comprit pourtant que c'était précisément ce qui s'était passé.

— Je… Elle était…, bafouilla-t-il, les épaules voûtées.

Et puis, d'un coup, tout ce qui lui restait d'énergie l'abandonna.

— Je ne comprends pas les jolies femmes. Elles apportent tellement de… problèmes, dit-il en regardant tour à tour Blanche-Neige dans son cercueil et Cendrillon debout à ses côtés.

— Je pense que cela met un terme à notre accord, dit celle-ci.

— Mais il doit y avoir un mariage ! Mon père n'y renoncera pas. Tout est presque prêt ! Je ne peux pas lui parler de ça. Je ne peux pas…

— Personne ne va rien lui dire, intervint Rose en lui posant une main apaisante sur le bras. Toutefois, cette situation ne peut pas durer. Il est temps de laisser le passé derrière vous.

Elle se tourna vers le chasseur.

— Est-ce que quelqu'un attend cette jeune femme ? lui demanda-t-elle.

— Oui, répondit-il.

— Je pars avec lui, s'exclama Cendrillon. Je ne veux pas vivre ici. Et je veux voir cette reine qui a semé une telle pagaille dans nos vies. Et…

Elle referma la bouche. Et quoi ? Qu'avait-elle été sur le point de dire ? Qu'elle ne pouvait pas imaginer quitter le chasseur ? Les joues en feu, elle sentait le poids de son regard sur elle.

— Mais il doit y avoir un mariage, murmura le prince. Il le faut.

— Il y en aura un, dit Rose. Vous allez m'épouser. Je vais arranger tout ça et le royaume vivra heureux.

— Vous épouser ? dit le prince avec une petite moue.

— Je serai une bonne reine, dit-elle d'un ton ferme. Je peux vous aider à régner sur le pays et m'occuper de tout ce qui peut vous paraître ennuyeux. Et peu m'importe que vous preniez des maîtresses, du moment que vous me traitez avec le respect que l'on doit à une reine.

Elle chercha son regard jusqu'à ce qu'il lève les yeux sur elle.

— À nous deux, nous pouvons faire une bonne alliance.

Lentement, le prince hocha la tête.

— D'accord, dit-il. Merci.

— Tu es sûre ? demanda Cendrillon à Rose.

Au plus profond d'elle-même, elle sentait que sa belle-sœur – sa sœur – avait raison. Les choses seraient telles qu'elles auraient dû être si elle n'avait pas semé le chaos avec ses pantoufles enchantées.

— Certaine, dit Rose. J'expliquerai tout à ma mère et à ton père, mais ce serait bien que tu gardes contact avec nous. Viens nous voir quand les choses se seront calmées. Et maintenant, s'exclama-t-elle en frappant dans ses mains avec un grand sourire, il va falloir vous trouver un chariot. Et vite, pour que vous soyez partis avant que tout le monde ne se réveille. Et puis, question vêtements, mieux vaudrait choisir plus discret.

Le menton bien haut, la démarche fière, Rose s'éloigna, s'appuyant à peine sur sa canne. *Elle ressemble déjà à une reine.* Cendrillon fouilla dans les poches de sa robe, pour en sortir sa dernière noix. Sa fée marraine avait parlé de « fuir sans heurt et en toute discrétion ». Cendrillon comprit que c'était à cet instant précis qu'elle avait fait allusion.

13

BIEN SÛR QUE C'EST L'AMOUR...

Rose était redoutablement efficace, et le prince fit très exactement ce qu'elle lui disait de faire. Des chevaux furent sellés et un poney sorti de l'écurie pour être attelé à un chariot.

— Il a l'air vieux et fatigué, murmura le prince, mais il avancera aussi longtemps que vous aurez besoin de lui.

Il regarda la jeune femme dans le cercueil de verre à l'arrière du chariot.

— Si elle se réveille, ajouta-t-il, elle saura à qui il appartient.

Il n'eut même pas un regard pour Cendrillon quand elle vint déposer un sac à côté du cercueil. La jeune femme n'en avait que faire. Elle n'avait rien à lui dire – pas plus que le chasseur, apparemment. Ce dernier paraissait en proie à une sourde douleur.

— Dépêchons-nous, dit-il à Cendrillon. Il ne me… il ne nous reste plus beaucoup de temps.

La jeune femme hocha la tête. Rose s'approcha d'elle et lui fourra une bourse pleine de pièces dans les mains.

— Je ne peux pas accepter, protesta Cendrillon. Pas après tout ce qui s'est passé. Je suis désolée. Tu avais raison. J'étais une enfant gâtée. Stupide.

Rose la prit dans ses bras pour la serrer très fort.

— Non. Les choses sont exactement comme elles sont censées être. Et tout ira bien, dit-elle en caressant la joue de Cendrillon avec un grand sourire. Tu verras. Et maintenant, filez avant que je ne cède à la sensiblerie.

La lune apparut entre les gros nuages lorsqu'ils se mirent en route. Quand Cendrillon se retourna, sa sœur se tenait toujours devant les portes du château. Elle leva une main et Cendrillon lui répondit. Puis la jeune femme craqua sa noix et en répandit le contenu sur elle et le chasseur. Elle inhala la fine poussière et sa robe de courtisane devint une vieille robe de couleur verte. *La teinte de la forêt.* Dès que Rose eut disparu, Cendrillon baissa la tête. La cité n'avait plus rien à lui offrir.

Ils voyagèrent en silence jusqu'à la sortie de la ville endormie. Ils disparurent alors sous le couvert de la forêt enneigée, comme avalés par les grands arbres. Le chasseur les mena jusqu'à une piste, et offrit sa veste à

Cendrillon pour qu'elle n'ait pas froid. Lentement, les lueurs de l'aube commencèrent à poindre et à passer entre les branches, dessinant d'étranges silhouettes tout autour d'eux. Cendrillon vit que le chasseur était pâle et tremblant. *Est-ce à cause de ses blessures ? À moins qu'il ne soit sur le point de se transformer en rat ?* Elle posa une main sur son bras.

— Ça va ? demanda-t-elle.

Il hocha la tête, mais ses traits étaient tirés et son regard empli de tristesse.

— Tu devras peut-être finir le voyage toute seule, dit-il en levant les yeux vers le ciel, son beau visage soudain creusé de rides.

— Jusqu'à ce soir, dit Cendrillon. Je vous garderai au chaud jusqu'à ce que vous redeveniez un homme.

Le chasseur secoua la tête.

— Je crois que ça ne marchera pas comme ça, cette fois-ci. L'accord a été modifié.

Il plaisante.

— Comment ça ? demanda Cendrillon en le fixant. Elle ne peut pas faire ça !

— Tu as les pantoufles ? Elle va vouloir les récupérer.

— Oui, répondit Cendrillon, sans le quitter des yeux un seul instant. Elles sont dans mon sac.

Elle repensa à toutes les fois où ils avaient ri ensemble près de la petite porte des cuisines. À la façon dont il l'avait sauvée du prince. Soudain, une autre pensée lui traversa l'esprit. *Les pantoufles.*

— Pourquoi est-ce que les pantoufles n'ont eu aucun effet sur vous, lorsque vous êtes entré dans la chambre du prince ? Elles ne vous ont rien fait.

Il sourit et de petites ridules apparurent au coin de ses yeux. Ses cheveux noirs lui tombaient devant l'œil, mais elle voyait toujours la gentillesse, la force et la chaleur tapies en embuscade derrière son humour et sa rudesse.

— Elles n'ont pas eu d'effet sur moi parce que je rêvais déjà de toi avant de te rencontrer, répondit-il tout simplement. Et aucune magie n'est plus forte que ça.

Il détourna la tête et éperonna son cheval.

— Vous m'aimez ?

Elle avait tout oublié du froid. La tête lui tournait. *L'amour ? C'est donc ça ? Toute cette irritation ? Mon exaspération ?*

Tu es sur une piste, à l'aube, au milieu d'une forêt glacée. Tu as laissé toute ta famille sans même un regard en arrière.

Bien sûr que c'est l'amour.

— Attendez, cria-t-elle en sautant à bas de son cheval, le cœur empli de joie.

Il se retourna pour la regarder. Son tremblement empirait. Il était en train de se transformer, mais elle ne pouvait pas laisser faire ça, pas sans au moins lui dire ce qu'elle ressentait. Elle courut le rejoindre tandis qu'il glissait à bas de sa selle. Ses jambes faillirent se dérober sous lui.

— Ne regarde pas, dit-il, le souffle court. S'il te plaît, ajouta-t-il, soudain courbé en deux par un spasme.

Cendrillon prit son visage entre ses mains. Tout son corps vibra sous l'effet de ce simple contact.

— Je t'aime, dit-elle. Moi aussi, je t'aime.

Et elle l'embrassa.

Elle n'aurait su dire au juste si ce phénomène n'était qu'une hallucination, mais pendant qu'il la tenait contre lui, elle crut voir des étoiles tournoyer autour de leurs têtes, et mille lueurs danser en une sarabande de lucioles qui leur réchauffait les mains. Elle s'était complètement abandonnée à l'instant, et lui aussi.

— Le sort, dit-il en s'écartant légèrement d'elle. Tu as brisé le sort.

— Je m'en fous, murmura Cendrillon. Embrasse-moi encore.

Leurs lèvres se joignirent et leurs langues se cherchèrent. Leurs corps s'emmêlèrent l'un à l'autre, et le chasseur l'allongea sur le sol. Prise dans la magie de l'amour véritable, la forêt leur créa un cocon chaud et confortable, rien que pour eux. La glace s'évapora et la terre les accueillit. Cendrillon fit courir ses doigts dans la toison du chasseur et, cette fois, il ne fut plus question de comparaison avec la beauté pâlotte et stérile du prince. L'homme à côté d'elle était tout entier dévolu à la passion et à la nature. Haletante pendant qu'il se débattait avec sa robe, Cendrillon glissa une main pour tirer sur la ceinture du chasseur. Cette fois-ci, il ne l'arrêta pas, retroussant plutôt les jupons, mais il gémit quand la main de Cendrillon s'empara de lui. La jeune femme poussa des hanches vers l'avant ; elle brûlait de le sentir en elle, humide et affamée. Plus tard, ils auraient tout le temps de se découvrir et de s'explorer. Pour l'heure, seule l'urgence comptait. Tous ces élans contrariés et ces désirs sans cesse remis à plus tard exigeaient à présent d'être assouvis. Il s'enfonça enfin en elle et elle gémit, enroulant ses jambes autour de lui. À chacun de ses mouvements, elle le serrait encore plus fort contre elle. D'une main, elle explorait son visage rude ; de l'autre, glissée entre eux, elle se caressait. Elle n'avait plus que faire des princes, des pantoufles, des fées marraines et des sortilèges. À eux deux, ils créaient toute la magie dont ils avaient besoin.

Lorsqu'ils eurent fini, ils restèrent allongés un moment, à parler tranquillement, à rire et à s'embrasser, jusqu'à ce que le même désir impérieux les saisisse à nouveau. Cette fois, ce fut plus lent et plus maîtrisé. Leurs bouches allèrent où leurs mains étaient déjà passées. Et quand ils n'en purent plus, quand Cendrillon fut certaine qu'ils allaient tous deux exploser à force de douceur, alors ils se prirent de nouveau, encore et encore.

En fin d'après-midi, ils atteignirent la frontière qui séparait les deux royaumes. La fée marraine les y attendait. Ses longs cheveux blonds lui tombaient librement sur les épaules, et elle portait des chausses de cavalière sous son épais manteau de fourrure. Une calèche patientait un peu loin sur la route.

Elle se tourna vers Cendrillon, arborant une expression difficilement déchiffrable dans l'obscurité qui tombait tout autour d'eux.

— Je vois que tu as fini par comprendre que le prince n'était pas le héros de tes rêves, lui dit-elle avec un sourire où perçait une certaine gentillesse. Je crois que tu as fait le bon choix, ajouta-t-elle en rejoignant l'arrière du chariot.

Au passage, elle s'arrêta pour flatter l'encolure du poney.

Le soleil apparut alors entre les nuages, en longues traînées rouges et roses. Le ciel était comme taché de sang. La reine, ou la fée marraine, ou qui qu'elle puisse être, contemplait à présent le cercueil de verre.

— Je prends le relais, annonça-t-elle en le tapotant.

Avec ses cheveux flottant au vent, ses traits pâles et félins, elle n'évoquait plus guère une souveraine ou une fée marraine aux yeux de Cendrillon. En fait, elle avait plutôt l'air d'une ondine, tout droit tirée de ces légendes de dragons que lui lisait sa belle-mère. Elle ne savait pas si elle devait en être émerveillée ou effrayée. Probablement les deux.

— Et les choses seront comme vous l'avez dit ? demanda le chasseur.

La reine confirma d'un hochement de tête.

— Allons-y alors, murmura-t-il. J'en ai fini ici.

Cendrillon songea à son chasseur, victime d'un sortilège qui le transformait en rat. Puis elle pensa à la jeune femme dans le cercueil de verre et se demanda comment cette histoire allait finir. Elle fit volter son cheval et, tandis qu'ils chevauchaient tous les deux côte à côte, laissant derrière eux la reine glaciale et la fille pétrifiée, elle décida de mettre tout cela derrière elle.

Elle avait sa propre histoire à vivre à présent. Elle regarda l'homme magnifique à ses côtés et sourit. Puis elle éperonna son cheval pour s'élancer au galop en direction des bois.

14

CE NE SERAIT PAS UNE QUENOUILLE... ?

Rose s'était teint les cheveux pour le mariage. Non seulement cette couleur avait convaincu pratiquement tout le monde que le prince épousait bien la même fille, mais en plus elle lui allait plutôt bien. Et puis après tout, qui avait vraiment prêté attention à Cendrillon ? Le petit peuple ne l'avait vue que de loin et, à la cour, tous ceux qui s'étaient rendu compte de la supercherie – et qui avaient remarqué que la jeune femme qui avançait vers l'autel était plus grande et plus gironde que la jeune beauté bouclée à laquelle ils avaient appris à marcher et danser – savaient très bien se taire quand il le fallait. Le prince était marié, et c'était là tout ce que chacun avait besoin de savoir.

Elle était heureuse. Contrairement aux autres filles, elle n'avait jamais soupiré après l'amour. Du moins, pas au sens où ces filles l'entendaient. Pour certaines, l'amour était une raison d'être ; il faisait battre leur cœur, et les soumettait aux aléas de leur désir pour l'élu capable de les rendre pleinement femmes. Pour sa part, Rose s'était toujours sentie pleinement elle-même, et tout ce qu'elle voulait, c'était agir sur le monde et les choses. Rendre le royaume meilleur. À sa manière, le prince serait un bon époux ; elle savait qu'à terme, ce serait elle qui prendrait l'essentiel des décisions importantes. De cette façon, les choses fonctionneraient bien mieux pour eux deux.

Par la fenêtre, elle regarda la cour en contrebas, où des lampes brillaient toujours dans les arbres et jusque dans les buissons du labyrinthe, un peu plus loin. Il y avait eu une subite période de dégel. Certes, le nouvel an approchait, mais l'air avait été printanier pendant les trois jours qu'avaient duré les festivités du mariage royal.

Une silhouette au milieu du labyrinthe attira son regard. Parfaitement immobile, vêtu d'une veste écarlate, l'homme regardait droit en direction de la fenêtre de leur chambre, comme s'il avait pu la voir en train de l'observer. Elle était pourtant quasiment certaine que la chose était impossible. Elle fronça les sourcils. Quel homme étrange.

— Chéri, murmura-t-elle au prince occupé à changer de chemise pour le dîner avec le roi et le haut conseil, viens voir. Il y a un homme dans le labyrinthe.

Elle plissa les yeux pour mieux le distinguer.

— Qu'a-t-il sur le dos ?

De fait, l'homme semblait porter un genre de sac, duquel dépassait quelque chose.

— Ce ne serait pas une quenouille ?

Le prince la rejoignit.

— Oh non, s'exclama-t-il, soudain livide et les yeux agrandis d'effroi. Je ne pensais pas qu'il me retrouverait.

Le cœur de Rose flancha un peu.

— Qu'as-tu fait ?

— J'ai passé un accord…, commença le prince.

Mais Rose ne l'écoutait plus. Elle fixait l'étranger qui ne la quittait pas des yeux. Elle se redressa de toute sa taille et prit la main de son époux.

— Nous allons nous en occuper, mon chéri, dit-elle. Tu vois, le truc avec les accords, c'est qu'on peut toujours les renégocier.

Après tout, sa vie de femme mariée allait peut-être se révéler plus intéressante qu'elle ne l'avait crue.

— Et si tu me racontais ce qui s'est passé ?

ÉPILOGUE

Un baiser du véritable amour…

Lorsque les bruits des sabots se furent tus, la reine monta sur le chariot pour regarder la jeune femme silencieuse de l'autre côté de la vitre.

— Je dois en avoir le cœur net, murmura-t-elle avant de faire coulisser le couvercle translucide.

La forêt alentour était étrangement immobile, comme si les loups eux-mêmes retenaient leur souffle.

Son cœur battait très fort lorsqu'elle se pencha par-dessus le mince rebord de verre pour aller poser ses lèvres sur celles de Blanche-Neige. Elles étaient si chaudes et si douces que Lilith crut que son cœur allait s'arrêter. Elle songea à sa pièce privée où son propre visage la regardait dans son miroir enchanté, aux mots qu'il utilisait pour lui parler, et la tourmenter avec l'absolue sincérité de ses pensées les plus secrètes – celles qu'elle s'était ingéniée à nier pendant si longtemps. Elle les avait combattues si fort qu'elle avait fini par confondre l'amour et la haine.

« Blanche-Neige, la plus belle de tout le royaume. »

Et Dieu sait combien elle l'était. Belle, aimable et désirable.

Soudain, la jeune femme dans le cercueil haleta ; la vie revint dans ses yeux violets et, au même moment, le soleil perça les nuages. Un arc-en-ciel se déploya au-dessus de leurs têtes. La reine s'assit sur ses talons pendant que sa belle-fille découvrait doucement le décor autour d'elle. Blanche-Neige se redressa.

— Je suis désolée, dit Lilith.

Ces mots étaient imparfaits, mais que pouvait-elle dire d'autre ? Son cœur battait à tout rompre. Elle avait sa réponse – une vérité qu'elle aurait dû connaître depuis bien longtemps.

— Je croyais que tu me haïssais, dit Blanche-Neige. Moi, je n'ai toujours voulu qu'une seule chose : que tu m'aimes.

Elles restèrent un long moment à se regarder dans les yeux, puis Blanche-Neige tendit une main pour attirer la reine à elle. Elles s'embrassèrent à nouveau.

Elles s'écartèrent pour respirer, puis s'assirent en souriant. Lilith songea à la sagesse des sortilèges de son arrière-grand-mère. Le véritable amour était l'unique véritable magie.

Le chasseur avait gagné son bonheur, tout comme elle-même espérait que Blanche-Neige et elle avaient gagné le leur.

— Rentrons, dit-elle en prenant Blanche-Neige par la main pour l'aider à descendre du chariot des nains.

La jeune beauté aux cheveux noirs s'arrêta et sourit.

— Ce sont des chausses de cavalière que tu portes ? demanda-t-elle en glissant un bras autour de la taille de celle qui l'avait réveillée.

Elles mariaient le blond et le brun, le clair et l'obscur ; autour d'elles, l'hiver refluait.

— Comment m'as-tu tirée de mon sommeil ? demanda Blanche-Neige.

— Par un baiser d'amour véritable, répondit la reine.

Et les deux beautés se sourirent.

— Rentrons, maintenant. Nous prendrons mon arrière-grand-mère en route. Je crois qu'elle a semé un peu de désordre ces derniers temps. Elle pourra bien se passer d'enfants pendant un moment.

— D'enfants ? demanda Blanche-Neige.

— Tu comprendras quand tu verras sa maison. Mais il faut sans doute que je m'excuse pour elle à l'avance.

— Je suis sûre que je vais l'aimer.

Et sur ces mots, elles s'embrassèrent à nouveau.

FIN

Aubin
IMPRIMEUR

IMPRIM'VERT
Votre imprimeur agit pour l'environnement

Achevé d'imprimer en février 2014
N° d'impression 1312.0299
Dépôt légal, mars 2014
Imprimé en France
81121169-1